Inhalt

Im Schatten des Morgens

Der Montagmorgen kündigt sich leise und schwer an, wie ein Gast, der nicht willkommen ist, aber dennoch Einlass begehrt. Noch liegt die Welt im Dunkeln, kein Schimmer von Tageslicht hat den Horizont durchbrochen, und selbst die Geräusche der Stadt scheinen sich zurückzuhalten, als würde auch sie noch schlafen.
Die Dunkelheit liegt dicht und schwer auf dem Raum, sie klebt an den Wänden, kriecht in jede Ecke, füllt jeden Zwischenraum zwischen Möbeln und Gedanken.
Es ist ein Schwarz, das nicht einfach nur Abwesenheit von Licht ist, sondern eine eigene Qualität hat. Ruhig, dumpf, beinahe fühlbar.

Mia Sanchez liegt ausgestreckt in ihrem Bett, in eine Decke gehüllt, die sich nicht mehr nur wie ein Schutz anfühlt, sondern wie eine zweite Haut, schwer und eng. Die Wärme, die sie umgibt, ist tröstlich, beinahe behütend, und doch drückt sie mit einer fast erstickenden Intensität auf ihren Körper. Ihre Glieder liegen wie festgenagelt auf der Matratze, ihre Arme sind schwer, als wären sie mit Blei gefüllt. Jeder Muskel ist müde, jede Sehne zieht sich wie nach einem langen Marsch, dabei hat sie in Wahrheit kaum geschlafen.
Die Nacht war kurz, ruhelos, durchzogen von flüchtigen Bildern, halb vergessenen Gesprächsfetzen und einem Gefühl, das irgendwo zwischen Wehmut und Dankbarkeit schwebt.

Die letzten zwei Tage waren ein emotionales Kaleidoskop. Ihre beste Freundin Viv war zu Besuch.
Es sind seltene Ereignisse geworden, seitdem das Leben sie in verschiedene Richtungen gespült hatte.
Doch dieses Wochenende war ein Innehalten, ein Zurückdrehen der Zeit, ein kurzes Eintauchen in die unbeschwerte Nähe ihrer Freundschaft. Sie hatten gelacht, bis ihnen die Tränen kamen, hatten Weinflaschen entkorkt, als gäbe es keinen Morgen, waren versunken in Gespräche, die weit in die Nacht reichten.
Themen, die sie sonst vor sich herschoben, unausgesprochene Gedanken, verletzte Erinnerungen. All das kam ans Licht, wurde geteilt, besprochen, mit Ehrlichkeit, manchmal mit Schmerz, aber immer mit einem tiefen, unzerbrechlichen Band zwischen ihnen.
Mia spürt, wie sich die Traurigkeit leise in ihr regt.
Nicht schmerzhaft, eher weich, bittersüß.
Der Abschied war zu schnell gekommen.
Die Stunden mit Viv sind kostbar geworden, viel zu selten inmitten von Verpflichtungen, Terminen und den eigenen inneren Kämpfen.
Sie vermisst sie jetzt schon, obwohl die Erinnerung an ihr Lachen noch wie ein Echo in ihrer Brust nachklingt.
Gleichzeitig ist sie dankbar für jede einzelne dieser Stunden, für das Gefühl, gesehen zu werden, verstanden, ohne dass viele Worte nötig sind.
Ein leiser Hauch von Ruhe durchzieht sie, ein flirrendes, zartes Gefühl wie der erste Windstoß an einem warmen Frühlingstag. Es ist der Wunsch, einfach hier zu bleiben.

Unter der Decke, in der Dunkelheit, außerhalb der Zeit. Kein Denken, kein Reden, kein Funktionieren. Nur sein. Doch dieser fragile Moment wird jäh zerrissen.

Ein schrilles Klingeln zerhackt die Stille wie ein Messer durch Stoff. Es ist ihr Telefon. Der Ton ist grell, unnachgiebig, beinahe aggressiv.
Er schneidet durch die Dunkelheit, durch ihren friedlichen Dämmerzustand, trifft sie wie ein Stromschlag. Sie blinzelt, zuckt leicht zusammen, dreht sich widerwillig zur Seite.
Das Display leuchtet grell auf dem Nachttisch, flackert wie ein Fremdkörper in der dunklen Umgebung.
Wer ruft um diese Uhrzeit an? Warum jetzt, so früh, wenn der Tag noch gar nicht richtig begonnen hat? Gedanken prasseln auf sie ein. Wild, ungeordnet, wie Vögel, die gegen Fensterscheiben schlagen.
Vielleicht Viv? Ein Notfall? Oder jemand vom Büro?
Oder schlimmer: eine neue Entwicklung, eine dieser unheilvollen Nachrichten, die kein Mensch vor dem ersten Kaffee hören möchte?

Ihr Herz schlägt schneller, als ihre Hand nach dem Gerät tastet. Die Kälte der Welt dringt durch den Ärmel ihres Schlafshirts, zieht über ihre Haut, während sie das Telefon an ihr Ohr presst. Noch bevor sie sich sammeln kann, bevor auch nur ein klarer Gedanke in ihrem Kopf Gestalt annimmt, hat sie den Anruf bereits entgegengenommen.

„Sanchez“, meldet sie sich, ihre Stimme klingt rau und ungewohnt.
„Mia, hier ist Hale. Ich brauche deine Hilfe bei einem Fall. Ein Mann namens Alexander Jenkins, ein Mitarbeiter des Gouverneurs, ist verschwunden. Wir haben Grund zu der Annahme, dass er in Gefahr ist. Wir brauchen jemanden, der diskret und effizient arbeitet, um ihn zu finden. Bist du bereit, den Fall zu übernehmen?“
Die Kälte und Entschlossenheit in seiner Stimme trifft sie wie ein Schlag.
Es ist nicht einfach ein gewöhnlicher Anruf. Es ist etwas Wichtiges, etwas, das nicht ignoriert werden kann.
Mias Augen blinzeln, sie reibt sich schmerzhaft die Stirn, als versuche sie, den Nebel der Müdigkeit zu vertreiben. Ihre Gedanken taumeln. Sie fühlt sich wie in einem Nebel, der sich nur zögerlich zu lichten beginnt.
Das Wochenende war zu laut, zu chaotisch, um wirklich einen klaren Gedanken zu fassen.
„Ja, Chef, ich bin auf dem Weg“, sagt sie schließlich, ihre Stimme ist nun etwas fester, geformt aus professioneller Gewohnheit, auch wenn noch immer ein schwerer Schleier von Erschöpfung über ihr liegt. Jedes Wort kostet Kraft, aber sie zwingt sich zur Ruhe.
Keine Schwäche zeigen, nicht jetzt.

Langsam, mit einer Mischung aus Widerwillen und innerem Pflichtgefühl, schwingt sie sich aus dem Bett.
Die Decke gleitet von ihr wie ein Schleier der Nacht, und sofort schlägt ihr die Kühle des Raumes entgegen.

Ihre Füße berühren den kalten Boden, und sie verzieht leicht das Gesicht. Jeder Muskel protestiert, als würde ihr Körper ihr sagen wollen: „Noch nicht. Nur ein paar Minuten länger.“

Doch die Zeit für Ausreden ist vorbei. Sie kennt das Spiel. Der Dienst ruft, und wenn der Chef persönlich anruft, bedeutet das meist nichts Gutes.

Noch während sie sich streckt und ihre verspannten Schultern kreisen lässt, tastet sie im Halbdunkel nach ihren Klamotten vom Vortag.

Jeans, ein schlichtes T-Shirt, dazu die bequeme, aber robuste Lederjacke, die sie bei Einsätzen bevorzugt.

Ihre Gedanken beginnen zu rotieren, tastend, suchend, wie das Licht einer Taschenlampe in einem dichten, dunklen Wald.

„Gut, Mia. Ich erwarte dich in einer Stunde im Büro“, ertönt die Stimme ihres Vorgesetzten durch das Telefon, scharf und zielgerichtet wie ein Pfeil. „Wir haben nicht viel Zeit. Jenkins’ Verschwinden hat möglicherweise etwas mit der Korruption im Gouverneursbüro zu tun. Wir müssen vorsichtig sein.“

Für einen Moment hält Mia inne. Das letzte Wort hallt nach. Korruption.

Es ist, als hätte jemand die Luft im Raum schlagartig abgekühlt. Ein einzelnes Wort, doch es schlägt ein wie ein Donnerschlag. Korruption im Gouverneursbüro? Das sind keine leeren Spekulationen.

Wenn ihr Chef das so sagt, steckt mehr dahinter. Viel mehr.

Ein kalter Schauer jagt ihr über den Rücken, während sie in die Dunkelheit des Zimmers starrt. Ihr Verstand beginnt sofort zu arbeiten, schneller als zuvor.
War Jenkins nur ein Bauernopfer? Oder hat er etwas gesehen, das er nicht sehen sollte? Etwas, das jemand mit aller Macht vertuschen will?
Ihr Bauchgefühl schlägt Alarm.
Das hier ist nicht einfach ein Fall, wie sie ihn schon dutzendfach erlebt hat.
Kein simpler Vermisstenbericht.
Nein, das ist ein möglicher Skandal, der die Machtstrukturen erschüttern könnte. Vielleicht ist Jenkins' Verschwinden der erste Dominostein in einer Kette, die ganz Ashwood City ins Wanken bringen wird.

Sie atmet tief durch und zwingt sich, den Gedanken beiseitezuschieben. Noch gibt es zu viele Unbekannte. Noch ist alles Spekulation. Sie muss fokussiert bleiben.
Klar denken. Keine Panik, keine voreiligen Schlüsse.
Jetzt zählt nur eins: den Fall aufnehmen. Den ersten Schritt machen.

Vor acht Jahren, kaum dass ich mein Kriminologie-Studium abgeschlossen hatte, trat Ryan Hale in mein Leben. Nicht nur als FBI-Agent, sondern als Wegweiser in eine Welt, die ich bis dahin nur aus Büchern und Theorien kannte.

Ich erinnere mich noch genau an den Tag, als ich aus dem Hörsaal trat und seine Nachricht auf meinem Handy las.

Damals war er noch Senior Special Agent, berüchtigt für seine unerschrockenen Einsätze gegen organisierte Kriminalität und aktuell mitten in den Ermittlungen zur Zerschlagung eines skrupellosen Menschenhändlerrings. Dass ausgerechnet er mich, eine frisch gebackene Absolventin, rekrutierte, schien mir damals fast unwirklich.
Schon während seiner Gastvorträge an der Uni hatte mich seine Art fasziniert.
Diese ruhige Autorität, gepaart mit einer Leidenschaft, die jeder im Raum spüren konnte.
Er sprach nicht über Fälle. Er lebte sie.
Seine Augen funkelten, wenn er Zusammenhänge erklärte, Täterprofile analysierte oder ethische Dilemmata zur Diskussion stellte.
Ich hing an seinen Worten, nahm jedes Detail auf wie ein Schwamm, und irgendwo tief in mir wusste ich: Ich wollte genau dahin, wo er war.
Als er mir schließlich anbot, ihn bei den Ermittlungen zu unterstützen, zögerte ich keinen Moment. Ich wusste, das war mehr als nur ein Einstieg ins Berufsleben.
Es war ein Sprung ins kalte Wasser, direkt hinein in die Realität, mit all ihren Grauzonen.
Es war der Anfang einer Partnerschaft, die mich prägte wie keine andere.
Unter seiner Anleitung lernte ich nicht nur, wie man ein Verbrechen aufklärt, sondern auch, wie man im Angesicht

des Grauens einen kühlen Kopf bewahrt, wie man dem Bösen standhält, ohne selbst daran zu zerbrechen.
Mit den Jahren wurde ich sicherer, schärfte meinen Instinkt, verfeinerte meine Methoden.
Gemeinsam deckten wir Netzwerke auf, brachten Täter zur Strecke, gaben Opfern ihre Stimmen zurück.
Es waren nicht immer saubere Siege. Manche kosteten uns Nächte voller Schlaf, andere hinterließen Narben, die man nicht sah.
Aber wir blieben dran. Immer. Seite an Seite.

Heute ist Ryan Hale der Special Agent in Charge des FBI Field Offices in Ashwood City – ein Titel, der Respekt verlangt, selbst in unseren Reihen.
Für mich aber ist er weit mehr als ein Vorgesetzter.
Er ist mein Mentor, mein Vertrauter, jemand, der an mich geglaubt hat, lange bevor ich es selbst tat.
Ich verdanke ihm nicht nur meinen Platz beim FBI, sondern auch die Überzeugung, dass man in dieser Welt etwas verändern kann. Schritt für Schritt. Fall für Fall.
Ich umklammere meinen Kaffeebecher, der noch warm in meiner Hand liegt.
Der aufsteigende Dampf kräuselt sich wie ein flüchtiger Gedanke in der kalten Morgenluft und vermischt sich mit dem Hauch von Benzin, der bereits in der Luft liegt. Mit einem leisen Seufzen lasse ich mich in den knarzenden Sitz meines alten Ford Mustangs sinken, dessen einst leuchtend roter Lack in der Morgendämmerung matt schimmert.
Ein Erbstück meines Vaters.
Kein modernes Wunder der Technik, kein glatter

Neuwagen mit automatischen Helfern, sondern eine Erinnerung auf vier Rädern, durchzogen von Zeit, von Geschichte, von Leben.
Schon beim Zuknallen der Fahrertür umfängt mich der Duft der Vergangenheit. Altes Leder, vermischt mit Maschinenöl, eine Spur von verrostetem Metall und etwas, das sich anfühlt wie Zuhause.
Es ist ein Geruch, der tief in mir etwas zum Klingen bringt, wie eine Saite, die mit jeder Fahrt auf diesem Sitz in Schwingung gerät.
Mein Blick gleitet über das abgenutzte Lenkrad, das über die Jahre die Spuren unzähliger Berührungen gesammelt hat.
Ich spüre förmlich die Hände meines Vaters, rau von der Arbeit, stark und sicher, wie sie einst neben mir auf dieser Bank lagen, während wir Seite an Seite unter der geöffneten Motorhaube standen.
Er war ein Marine. Ein Mann mit Haltung, mit Prinzipien, mit einer Präsenz, die selbst in der Abwesenheit spürbar blieb.
Oft war er fort, seine Pflicht rief ihn an Orte, deren Namen ich als Kind nicht aussprechen konnte.
Aber wenn er zurückkam, dann war es, als würde die Welt einen Moment stillstehen.
Dann gehörte jeder Augenblick uns. Und oft war dieser Mustang der Ort, an dem wir zueinanderfanden.
Wir haben nicht nur Schrauben gelöst und Kolben ausgebaut. Wir haben gesprochen, geschwiegen, gelacht.
In diesen stillen, ölverschmierten Stunden hat er mir mehr beigebracht, als jedes Buch es je könnte.
Er lehrte mich, was es heißt, durchzuhalten. Geduldig zu sein. Jedes Teil eines Motors zu verstehen, nicht nur oberflächlich, sondern im Innersten.
Er zeigte mir, wie man mit den Händen denkt und mit

dem Herzen fühlt.
Er war ein Mann der Tat, aber auch einer der leisen Gesten. Der sanften Berührung über meine Schulter, wenn ich einen Fehler gemacht hatte, der kurzen, stolzen Blicke, wenn ich etwas begriff.
Seine Stärke war niemals laut. Sie war ruhig. Beständig. Und sie lebt in jedem Knarren dieses Wagens weiter.
Manchmal, wenn ich fahre, lege ich unbewusst eine Hand auf den Sitz neben mir, so als würde ich ihn spüren, wie früher, wenn wir zusammen unterwegs waren.
Es gibt Augenblicke, in denen ich fast seine Stimme höre, leise, warm, ein bisschen rau vom Rauch und den Jahren, die er auf See verbracht hat.
Seine Geschichten waren nie nur Erzählungen. Sie waren Lektionen in Mut, in Verantwortung und in Liebe.
Dieser Wagen ist für mich kein Auto. Er ist ein Zufluchtsort. Ein stiller Zeuge meiner Kindheit, meiner ersten Tränen, meiner großen Träume.
Er trägt die Erinnerung an meinen Vater in jedem Riss des Leders, in jedem vibrierenden Ton des Motors.
Und solange ich hinter diesem Steuer sitze, ist er bei mir. Auf jeder Straße, in jeder Kurve, bei jedem Start ins Ungewisse.
Der Mustang ist ein Teil meiner Seele geworden. Eine Brücke zwischen Vergangenheit und Gegenwart. Und vielleicht ist er auch ein Versprechen, dass es Verbindungen gibt, die niemals rosten, niemals verblassen, ganz gleich, wie viele Jahre vergehen.

Ich drehe den Zündschlüssel, und mit einem tiefen Grollen erwacht der alte Mustang zum Leben.
Es ist kein einfacher Start, kein modernes Summen wie bei den heutigen Autos.

Nein, es ist ein Aufbäumen, ein wütendes Brummen, als würde der Wagen sich aus einem langen, traumlosen Schlaf zurück ins Hier und Jetzt kämpfen.
Die Vibrationen laufen durch den Sitz, durch meinen Rücken und erreichen mein Herz wie ein Echo aus der Vergangenheit.

Ich spüre die rohe, unverfälschte Kraft des Motors unter mir. Eine urige, fast wilde Energie, die mit jedem Takt mehr an Intensität gewinnt.

Der tiefe Klang des V8-Motors füllt den Innenraum wie eine vertraute Melodie, die in meinen Adern pulsiert. Unwillkürlich huscht ein Lächeln über meine Lippen, zart und wehmütig zugleich.
In diesem Moment bin ich wieder das junge Mädchen auf dem Beifahrersitz, das aus dem Fenster sah, während mein Vater schweigend fuhr.
Diese Fahrten hatten etwas Meditatives, fast Sakrales. Wir redeten selten, und wenn, dann nur in kurzen Sätzen. Aber die Stille war keine Leere. Sie war voll von Bedeutung, voll von Verständnis.

Das rhythmische Dröhnen des Motors war unsere Sprache.
Jede Kurve, jeder beschleunigte Moment war wie ein stilles Versprechen, dass wir zusammengehörten. Zwei Menschen, verbunden durch Blech, Benzin und das, was unausgesprochen blieb.

Ich lenke den Wagen durch die langsam erwachenden Straßen von Ashwood City.
Die Schatten der Nacht liegen noch schwer auf den Gebäuden, das frühe Licht tastet sich erst vorsichtig über die Fassaden.
Mein Blick ist konzentriert, aber mein Geist driftet immer wieder ab. Zurück zu dem Anruf, der diesen Morgen jäh unterbrochen hat.

Die Worte hallen nach, schwer und beunruhigend.
Alexander Jenkins ist verschwunden.
Der Name, kaum ausgesprochen, entfaltet in meinem Kopf ein leises Echo.
Kein lautes Aufhorchen, sondern ein sachter Widerhall, der sich wie eine vage Erinnerung durch die Schatten meiner Gedanken tastet.
Zunächst ist da nur ein undeutliches Bild, verschwommen wie durch beschlagenes Glas gesehen.
Doch mit jedem Atemzug wird es klarer, schärfer, als würde mein Verstand langsam das Archiv meiner Erinnerungen durchblättern und nach jenem einen, unscheinbaren Moment suchen, in dem sich unsere Wege kreuzten.
Ich erinnere mich.
Es war eine dieser überinszenierten politischen Veranstaltungen, bei denen glänzende Weingläser und gezwungene Lächeln mehr zählten als ehrliche Worte.
Menschen in maßgeschneiderten Anzügen, die ihre Stimmen erhoben, um zu beeindrucken, während ihre Augen unruhig durch den Raum wanderten, als seien sie stets auf der Suche nach der nächsten Gelegenheit, dem nächsten Kontakt, dem nächsten Vorteil.
Und mittendrin: Alexander Jenkins.
Er war anders. Kein Lautsprecher, keiner, der die Bühne suchte oder sich in den Vordergrund drängte.
Seine Anwesenheit war leise, beinahe unauffällig, und doch so präsent, dass sie hängen blieb. Da war etwas in seinem Blick, in seiner Haltung. Eine zurückhaltende Entschlossenheit, eine stille Souveränität, die tief unter der Oberfläche zu glimmen schien. Er sprach wenig, aber wenn er etwas sagte, dann hatte es Gewicht.
Ich erinnere mich an seinen festen Händedruck, seine ruhige Stimme, die nie zögerte, und an dieses Gefühl, dass er mehr wusste, als er preisgab.

Und nun ist er weg. Einfach so. Keine Spur, kein Lebenszeichen. Als hätte ihn die Stadt verschluckt.
Und mit ihm vielleicht eine Wahrheit, die nie für unsere Augen bestimmt war.
Es ist dieses beunruhigende Schweigen um sein Verschwinden, das mich nicht loslässt, wie ein kalter Windhauch im Nacken, den man nicht sieht, aber spürt.
Was ist passiert? Hat er etwas entdeckt, das ihm zum Verhängnis wurde?
Ist er einem Spiel auf die Schliche gekommen, das größer ist als alles, was wir bisher kannten?
Oder war es einfach nur Pech, ein unglücklicher Zufall im falschen Moment?

Diese Fragen setzen sich fest in meinem Innersten, graben sich mit scharfen Krallen in mein Denken, lassen mich nicht mehr los.
Ich kenne dieses Gefühl. Dieses leise Dröhnen im Bauch, wenn etwas nicht stimmt.
Diese unruhige Ahnung, dass unter der glänzenden Fassade der Stadt etwas lauert.
Etwas Altes, Mächtiges, das sich dem Licht entzieht.
Ich spüre es wie einen Sog. Und ich weiß: Dies ist kein gewöhnlicher Fall. Dies ist der Anfang von etwas Größerem. Etwas Dunklem.
Und dann ist da der Gouverneur.
Ich traue Harrison Green nicht. Das habe ich nie.
Schon beim ersten Händedruck, diesem kühlen, beinahe antiseptischen Kontakt, ging eine leise Alarmglocke in mir los.
Er ist der Typ Mensch, der ständig mit einem perfekten, kontrollierten Lächeln auf den Lippen herumläuft. Nicht warm, nicht ehrlich, sondern wie ein sorgfältig einstudierter Ausdruck, der genau dosiert, wie viel Nähe er zulässt.

Es ist dieses Lächeln, das nie die Augen erreicht.
Diese glatt polierte Fassade, hinter der sich etwas reglos Kaltes verbirgt.
Wenn ich an ihn denke, zieht sich in mir etwas zusammen.
Da ist eine Kälte, ein inneres Misstrauen, das ich nicht abschütteln kann. Es kriecht unter meine Haut, jedes Mal, wenn ich seine Stimme im Fernsehen höre oder ein Foto von ihm in der Zeitung sehe.
Je länger ich mich mit ihm befasse, desto stärker wird dieses nagende Gefühl. Es ist, als würde etwas an seiner Erscheinung falsch flimmern, wie ein Bild auf einem Bildschirm, das kurz flackert und einen Blick auf das dahinterliegende System erlaubt.
Seit seinem Amtsantritt ist Ashwood City nicht mehr dasselbe.
Die Kriminalität ist nicht nur gestiegen, sie hat sich wie ein bösartiges Geschwür ausgebreitet.
Schnell, lautlos, und vor allem: systematisch.
Es ist, als ob die dunklen Ecken der Stadt plötzlich mutiger geworden wären.
Und dieser Wandel kam nicht allmählich. Nein, er kam mit dem Regierungswechsel. Mit ihm. Das kann kein Zufall sein. Es ist, als ob der Gouverneur nicht gegen das Chaos kämpft, sondern es stillschweigend duldet oder, schlimmer noch: als ob er es lenkt. Wie ein Puppenspieler hinter einem Samtvorhang, der mit dünnen, unsichtbaren Fäden die Geschicke lenkt, während er den Bürgern das Bild eines verantwortungsbewussten Anführers vorspielt.
Immer akkurat. Immer höflich. Und dabei so leer.
Ich spüre, dass er etwas verbirgt. Keine Kleinigkeit, kein politisches Kalkül, irgendetwas Großes.
Etwas, das wie eine dunkle Wurzel durch die Grundmauern dieser Stadt wächst.

Und vielleicht ist Jenkins in diese Wurzel geraten. Vielleicht hat er etwas gesehen, das ihn gefährlich machte. Vielleicht war er der Erste, der unter die Oberfläche geblickt hat.
Je weiter der Mustang mich zum Büro bringt, desto mehr verfestigt sich der Verdacht in mir, dass dieser Fall mehr ist, als er zunächst zu sein scheint.
Der Gouverneur könnte mehr damit zu tun haben, als er zuzugeben bereit ist.
Ich biege in die Straße ein, in der das FBI-Gebäude liegt, und der Anblick des kalten, trostlosen Komplexes reißt mich jäh aus meinen Gedanken. Ein grauer Koloss aus Beton und Glas, der nichts von sich preisgibt. Abweisend, wortlos und doch schwer zu übersehen.
Es ist nicht seine Größe, die ins Auge fällt, sondern diese stille Autorität, die sich wie eine unsichtbare Mauer zwischen ihn und der Welt legt.
Ein Ort, an dem man keine Illusionen über das Leben und den Kampf gegen das Verbrechen hat. Ich steige und spüre, wie der kalte Wind meine Haut streift. Der Fall, der vor mir liegt, wird kein einfacher sein.
Die Dunkelheit, die sich hier verbirgt, ist greifbar. Doch ich bin bereit. Bereit, mich der Wahrheit zu stellen, ganz gleich, wie tief sie geht.
Mit einem entschlossenen Schritt gehe ich auf den Eingang des Gebäudes zu, spüre das vertraute, fast schon schwerfällige Gefühl des Sicherheitsbereichs, das mich immer ein wenig in den Hintergrund rückt.
Das Foyer ist in gedämpftes Licht getaucht, der Duft von Kaffee und Papier liegt in der Luft, während Menschen in Eile vorbeihuschen, den hektischen Rhythmus des FBI-Alltags fortsetzend.

Ich nehme mir einen Moment, um das Treiben zu beobachten, bevor ich den Sicherheitsbeamten begrüße. Ich ziehe meinen Ausweis hervor und zeige ihn ihm. Er nickt mir zu, ohne ein Wort zu verlieren, doch seine Geste lässt mich wissen, dass ich passieren darf.

Ich steige in den Aufzug, der mich mit einem leisen Rumpeln in den obersten Stock bringt.
Die Fahrt fühlt sich immer ein wenig an wie das Ankommen in einer anderen Welt, der Welt des FBI, die von Geheimnissen, Ermittlungen und oft auch von dunklen Wahrheiten beherrscht wird.
Als der Aufzug seine Reise beendet, steige ich aus und gehe den Korridor entlang, bis ich vor der Tür meines Bosses, SAC Ryan Hale, stehe. Ein schneller Blick auf die Uhr um zu sehen, dass wir keine Zeit mehr zu verlieren haben.
Ich klopfe an, und sofort ertönt ein schroffes „Herein“, das mir den letzten Schub gibt, die Schwelle zu überschreiten.

Name ohne Gesicht

Ich atme tief durch und öffne die Tür.
Hales Büro empfängt mich mit dem warmen, schwer zu ignorierendem Duft von Leder, vermischt mit dieser subtilen, aber allgegenwärtigen Ausstrahlung von jemandem, der es gewohnt ist, die Fäden in der Hand zu halten. Ruhig, unerschütterlich und jederzeit Herr der Lage.
Er sitzt hinter seinem Schreibtisch, den Blick auf seine Papiere gerichtet, als ich eintrete. Doch als er mich bemerkt, hebt er den Kopf. Seine Augen treffen die meinen, und er nickt mir zu. Es ist ein knappes, aber anerkennendes Zeichen, dass ich Platz nehmen soll.

„Mia, danke, dass du so schnell gekommen bist", sagt er, seine Stimme klingt etwas schärfer als sonst. „Wir haben nicht viel Zeit. Wie ich schon erwähnt habe, ist der Stabschef von Green, Alexander Jenkins, verschwunden, und wir müssen ihn finden, bevor es zu spät ist."
Die Worte kommen schnell, als ob er sich beeilen muss, sie auszusprechen. Und dann, als ich einen Blick auf ihn werfe, bemerke ich es: etwas, das ich noch nie an ihm gesehen habe: Nervosität.
Ein Hauch von Unsicherheit in einem Mann, der sonst nur von Selbstbewusstsein und Entschlossenheit geprägt ist. Hale, der erfahrene Agent, der immer die Ruhe bewahrt, scheint in diesem Moment aufgewühlt, fast angespannt.

Er ist Ende fünfzig, und die Jahre haben Spuren in seinem Gesicht hinterlassen. Nicht nur Falten, sondern Linien, die Geschichten erzählen.
Die scharfen Konturen seiner Wangen und die markante Kieferpartie sind wie gemeißelt, kantig und klar, ein Spiegelbild seines Wesens.
Die einst dunklen Haare sind nun vom Grau des Alters durchzogen, doch das verleiht ihm keine Schwäche. Im Gegenteil. Es macht ihn nur eindrucksvoller, fast majestätisch in seiner Erscheinung.
Eine Präsenz, die den Raum erfüllt, lange bevor er ein Wort sagt.
Doch hinter dieser äußeren Strenge verbirgt sich mehr. Manchmal, nur in seltenen, fast kostbaren Momenten, blitzt in seinem Blick ein Ausdruck auf, der weich ist, fast zärtlich, ein Funken von Wärme, der zwischen all der Härte wie ein Lichtschein aufblitzt.
Es ist der Blick eines Mannes, der tief in seinem Innersten für seine Leute kämpft. Der sich ihrer annimmt, sie fordert, aber auch beschützt. Dieser Blick hat etwas Väterliches. Etwas, das mich immer wieder daran erinnert, dass er mehr für mich ist als nur ein Vorgesetzter.
Seine Karriere beim FBI ist legendär.
Er hat Fälle gelöst, die andere längst zu den Akten gelegt hätten.
Er hat sich durch die dunkelsten Winkel des Verbrechens gearbeitet, mit einem Scharfsinn und einer Hartnäckigkeit, die man nicht lehren kann. Die sich nur in Jahren des Kampfes gegen das Unrecht formen.

In seinem Blick liegt die Erfahrung dieser Jahre. Die Last, die er getragen hat, aber auch der Stolz, niemals aufgegeben zu haben. Er strahlt eine natürliche Autorität aus, die niemand infrage stellt. Nicht mit Worten, nicht mit Blicken. Wenn Hale den Raum betritt, wird es still. Nicht aus Angst, sondern aus Respekt.

Doch heute liegt ein Schatten über ihm. Eine feine, kaum wahrnehmbare Spannung, die sich wie ein Schleier über seine Miene legt. Seine Schultern wirken angespannter als sonst, sein Blick schärfer, als ob er einen Gedanken mit sich herumträgt, der ihn nicht loslässt.
Und obwohl er nichts sagt, spüre ich es. Etwas ist anders. Etwas bewegt ihn.
Für mich ist er nicht nur der Mann, der mich damals in diese Welt hineingeholt hat, der mir eine Chance gegeben hat, als ich noch frisch von der Uni kam, voller Ideale, aber ohne jede Ahnung, was mich erwartete.
Er ist mein Mentor. Und vielleicht, in einer Welt, in der meine eigene Familie längst nur noch in Erinnerungen existiert, ist er auch so etwas wie eine Vaterfigur geworden. Jemand, der mich mit harter Hand geformt hat, der mir aber auch gezeigt hat, dass Vertrauen nicht verschenkt, sondern verdient wird und dass es eine Verantwortung ist, wenn jemand es dir schenkt.
Hale verlangt viel von seinem Team. Präzision. Verlässlichkeit. Unerschütterliche Professionalität.
Und er duldet keine halben Sachen.
Aber was ihn besonders macht, ist seine Loyalität.

Wenn er dich einmal respektiert, wenn du in seinem inneren Kreis bist, dann steht er hinter dir.
Mit einer Intensität, die fast einschüchternd ist.
Er kämpft für dich, wenn es niemand sonst tut. Und genau deshalb wiegt sein Schweigen heute schwer. Denn wenn Hale schweigt, ist etwas im Gange, das größer ist als Worte.

Ich nehme Platz und höre ihm zu, doch die Nervosität, die mich in diesem Moment nicht ganz loslässt, bleibt in der Luft hängen. Dieses Mal ist der Fall anders.
Hale atmet tief durch, als würde er sich einen Moment lang sammeln müssen, bevor er fortfährt. „Jenkins war gestern Abend bei einem Treffen mit einem Informanten", beginnt er schließlich, seine Stimme klingt schwer, als würde jedes Wort eine Last tragen. „Er hat ihn allein treffen wollen, was ungewöhnlich ist. Sein Handy ist seitdem nicht mehr erreichbar, und sein Auto steht immer noch vor dem Treffpunkt."
Ein kurzer, schwerer Blick trifft mich, als er innehält. „Wir haben eine verdächtige Personengruppe im Visier, aber wir brauchen mehr Beweise."
„Mit einem Informanten?", frage ich, mein Blick sofort scharf. „Woher stammen diese Angaben, und sind sie bestätigt worden? Und, wo war das Treffen?"
Diese Fragen müssen jetzt geklärt werden, denn sie könnten entscheidend für den Verlauf der Ermittlung sein.
Hale nickt, als hätte er diese Fragen erwartet, und öffnet eine Akte auf seinem Schreibtisch.

„Die Auskünfte stammen von einer vertrauenswürdigen Quelle innerhalb des Gouverneursbüros. Sie berichteten uns von Gerüchten rund um Jenkins, der angeblich Hinweisen über Korruptionen innerhalb der Regierung nachgehen wollte."
Er zieht einige Papiere heraus, dreht sie um und legt sie auf den Tisch, als ob er mir damit ein Stück mehr Klarheit verschaffen möchte.
„Das Treffen fand in einem kleinen Café in der Nähe des Gouverneursbüros statt. Wir haben die Überwachungskameras überprüft und konnten Jenkins' Auto eindeutig identifizieren. Aber wir konnten nicht sehen, ob und mit wem er sich getroffen hat oder wohin er gegangen ist. Laut den Aufnahmen hat er seinen Wagen verlassen, ist über die Straße gegangen, und von da an… verschwand er spurlos."

Hale lässt diese Information in der Stille zwischen uns wirken, und ich kann förmlich die Schwere der Ungewissheit spüren. Jenkins, ein Mann, der scheinbar etwas aufgedeckt haben wollte, verschwindet plötzlich aus dem Nichts, nachdem oder bevor er einen Informanten getroffen haben soll. Das ist zu viel Zufall, oder zu viel Absicht, um es als normales Verschwinden abzutun.
Dann schaut er mich direkt an, seine Augen fest und ernst.
„Wir haben auch eine verdächtige Personengruppe im Visier, die möglicherweise mit dem Verschwinden von Jenkins zu tun hat. Es handelt sich um eine Gruppe von ehemaligen Soldaten, die sich ‚Die Schatten' nennen.

Sie sind bekannt für ihre skrupellosen Methoden und ihre Verbindungen zur Unterwelt."
„Die Schatten", wiederhole ich in Gedanken, der Name hallt in meinem Kopf nach. Ex-Soldaten, die ihren Dienst gegen die Gesetze der Gesellschaft eingetauscht haben. Das klingt nach einem gefährlichen, gut organisierten Netzwerk. Ein gefährlicher Gegner, der nicht davor zurückschrecken würde, jemanden verschwinden zu lassen.
Es passt zu dem Bild, das sich langsam in meinem Kopf formt. Jenkins könnte etwas auf der Spur gewesen sein, das zu gefährlich war, um es weiterzugeben.

„Was wissen wir über sie?", frage ich, meine Stimme nun schärfer, die erste Ahnung einer möglichen Lösung, die mir durch den Kopf geht.
Hale lehnt sich zurück, und ich kann die Unruhe in ihm sehen. „Nicht viel. Sie sind geschickt darin, im Untergrund zu bleiben. Wir haben nur ein paar bruchstückhafte Informationen. Sie sind gut vernetzt, und ihre Kontakte reichen tief in die dunklen Ecken dieser Stadt. Aber sie sind nicht dumm und sie wissen, wie man Spuren verwischt."
Ein kurzer Moment der Stille entfaltet sich zwischen uns, und ich weiß, dass es an mir liegt, die nächsten Schritte zu bestimmen.

Die Schatten, Korruption, ein verschwundener Stabschef. Dieser Fall riecht nach mehr, viel mehr, und ich kann schon jetzt spüren, wie tief er uns hineinziehen wird.

„Was ist der nächste Schritt?“, frage ich, meine Gedanken bereits in Bewegung, bereit, in diese dunkle Welt einzutauchen.
„Die Schatten? War da nicht vor ein paar Jahren dieser mysteriöse Fall an der Westküste?“ frage ich nachdenklich und lasse meinen Blick auf den Tisch fallen, als ob ich versuche, mich an die Details zu erinnern.
„Ich bin mir nicht sicher, aber ich glaube, Agent Smith hat damals daran gearbeitet. Vielleicht kann er uns ja noch etwas mehr darüber erzählen.“
„Ja, genau! Der Fall mit dem verschwundenen Gemälde. Es war ein so seltsamer Fall, voll
von unerklärlichen Wendungen. Und du hast recht, Agent Smith war damals direkt involviert“, bestätigt Hale. „Ich werde ihn sofort kontaktieren. Er ist zwar schon lange nicht mehr im aktiven Dienst, aber er ist immer noch ein wertvoller Ansprechpartner, wenn es um diese alten Fälle geht. Er arbeitet jetzt unten im Untergeschoss, wo er sich hauptsächlich um die Erstellung von Profilen kümmert. Aber ich bin mir sicher, dass er sich noch an alles erinnern kann.“

Agent Smith ist niemand, den man leicht vergisst. Ein erfahrener Mann, gezeichnet von den Jahren im Dienst, der die jungen Agenten mit seiner ruhigen, fast stoischen Art immer wieder in den Wahnsinn trieb.
Doch trotz seiner Ruhe hatte er das seltene Talent, Dinge zu sehen, die anderen verborgen blieben. Hale weiß, dass er, auch wenn er sich mehr und mehr zurückzieht, immer noch über einen unerschütterlichen Instinkt verfügt.

Nur wenige Minuten später tritt Agent Smith in Hales Büro. Die grauen Haare und die tiefen Falten in seinem Gesicht lassen ihn älter wirken, als er tatsächlich ist.

Doch als er anfängt zu sprechen, kommt die gewohnte Klarheit zurück. Seine Worte sind scharf und präzise, und er erzählt von der Söldnergruppe, die sich „die Schatten" nennt.

„Es war damals ein gefährlicher Fall", sagt Smith mit einer rauen Stimme, die die Jahre widerspiegelt, die er auf den Straßen und in den Dschungeln der Welt verbracht hat. „Es gab einen Informanten, der uns geholfen hat. Sein Name ist Derek Thompson. Der Typ war ein echtes Mysterium, ein Soldat mit einer dunklen Vergangenheit. Er verschwand irgendwann, und seitdem haben wir nichts mehr von ihm gehört."

Hale hört aufmerksam zu und nickt langsam, als der Name ′Derek Thompson′ fällt. Ein Gefühl der Beklommenheit steigt in ihm auf, als er versucht sich an alles zu erinnern, was er über diesen Mann weiß.
„Derek Thompson. Ich kenne ihn zwar nicht persönlich, aber der Name sagt mir etwas. Ein ehemaliger Soldat, der für den Geheimdienst gearbeitet hat, oder? Ein Mann, der wirklich wusste, wie man mit den Schatten der Welt umgeht."

Er starrt auf den Bildschirm seines Computers, als er nach weiteren Informationen sucht. „Es gibt kaum etwas, das ich über ihn finden kann. Der Großteil seiner Akten ist entweder geschwärzt oder nicht zugänglich. Aber ich habe ein paar Informationen, die mir durch die Hände gegangen sind.“

Hale atmet tief ein, als er die wenigen Daten durchgeht. „Derek Alexander Thompson. Geboren im Mai 1985 hier in Ashwood, diente im Militär von 2005 bis 2015. Er war bei zahlreichen Auslandseinsätzen, hat sowohl eine Ehren- als auch eine Tapferkeitsmedaille erhalten. Doch dann, nach seiner Militärzeit, verliert sich seine Spur.

Alles danach bleibt im Dunkeln.“

Er zieht die Stirn in Falten und stützt sich nachdenklich auf den Tisch. „Ich weiß, dass er damals für den Militärgeheimdienst arbeitete und einige sehr heikle Undercoveroperationen durchführte.

Unter anderem war er dabei, als ‚die Schatten‘ zum ersten Mal in Erscheinung traten. Aber seitdem… nichts mehr. Er ist wie vom Erdboden verschluckt.“

Die Stille, die folgt, ist schwer und voll von unausgesprochenen Gedanken. Er sieht mich mit einem ernsten Blick an, als ob jede Sekunde zählt. „Mia, wir müssen ihn finden. Wenn er noch lebt, könnte er uns helfen, die Schatten zu enttarnen und Jenkins zu finden“, sagt er, die Anspannung in seiner Stimme deutlich spürbar.

Sein Blick wandert zu Agent Smith, als ob er dort eine Antwort suchen würde. „Können Sie uns noch irgendetwas über Thompson sagen? Vielleicht einen Hinweis, wo er sein könnte? Hat er Kontakte, die wir erreichen können?“
Agent Smith, der die Jahrzehnte in diesem Geschäft an sich vorbeiziehen lassen hat, nickt langsam.

Die Erinnerung an die längst vergangenen Tage scheint ihn einen Moment lang in die Vergangenheit zu ziehen.
„Ich weiß, dass Thompson eine Schwester hatte“, sagt er mit einer leisen Stimme, die fast verloren wirkt. „Sie lebte damals in Riverview, etwas außerhalb von Ashwood City. Wenn jemand weiß, wo er ist, dann vielleicht sie. Aber ich muss Sie warnen. Derek Thompson war ein extrem vorsichtiger Mann. Wenn er wirklich abgetaucht ist, wird es nicht einfach sein, ihn zu finden.“

Hale prüft die Informationen, die uns Agent Smith gerade gegeben hat, und sein Gesicht verzieht sich bei den Details. „Leah Thompson, 32 Jahre alt, verheiratet, zwei Kinder. Sie arbeitet als Lehrerin an einer Grundschule in Ashwood City. Sie führt scheinbar ein ruhiges, normales Leben, aber, wir wissen nie, was sich hinter der Fassade verbirgt.“
Er hebt den Blick und sieht mich an, als ob er nach etwas in meinen Augen suchen würde. „Wenn Derek Thompson wirklich Informationen über die Schatten hat, dann könnte sie der Schlüssel sein, um ihn zu finden.“
Er steht abrupt auf und geht zum Fenster.

Die Stadt draußen scheint plötzlich weit entfernt, als würde er in ihren weiten Straßen etwas suchen, das nur er sehen kann.
„Es ist an der Zeit, dass wir mit Leah Thompson sprechen. Aber wir müssen vorsichtig sein. Wenn sie etwas weiß, müssen wir sicherstellen, dass sie sich nicht bedroht fühlt. Wir wollen nicht, dass sie uns etwas vorenthält, weil sie Angst hat."
Er dreht sich zu mir um, sein Blick jetzt so intensiv, dass ich fast den Atem anhalte. „Bist du bereit, mit ihr zu sprechen?"

Mit den Informationen von Agent Smith in der Tasche mache ich mich auf den Weg zu Leah Thompson.
Unsere Unterlagen sagen, dass sie ein ruhiges, unauffälliges Leben führt, weit entfernt von meinem turbulenten Alltag.

Versteckt, nicht vergessen

Ihr Zuhause liegt am Rand der Stadt, in einer beschaulichen Gegend, die sich von der Hektik von Ashwood City abhebt. Als ich vor dem kleinen, unscheinbaren Haus stehe, atme ich kurz tief ein, um die Anspannung abzulegen, und gehe dann entschlossen auf die Tür zu.
Ich klopfe leise, aber bestimmt, und warte, während der Klang des Holzklopfens in der Stille der Nachbarschaft widerhallt. Ein Moment vergeht, der sich wie eine Ewigkeit anfühlt, bevor die Tür sich langsam öffnet.

Die Frau, die mir entgegenblickt, ist eine attraktive Frau mit langen, dunklen Haaren, die in sanften Wellen über ihre Schultern fallen, und einem sonnengebräunten Teint, der darauf hinweist, dass sie viel Zeit im Freien verbringt. Ihre Augen, die zunächst offen und freundlich wirken, verengen sich ein wenig, als sie mich mustert. Ihr Blick ist wachsam, fast misstrauisch.

„Kann ich Ihnen helfen?“ fragt sie mit einer Stimme, die ruhig klingt, aber ich erkenne die unterschwellige Anspannung. Sie lässt den Satz absichtlich offen und wartet auf meine Antwort, als ob sie sich auf meine nächste Bemerkung vorbereitet.
Neben ihr steht ein kleines Mädchen, vielleicht vier oder fünf Jahre alt, welches mit neugierigem Blick zu mir aufschaut.

Ihre Augen sind weit, und sie wirkt völlig unbefangen, während sie ihre Mutter mit einem Blick beobachtet, als wolle sie wissen, was gerade passiert.
Die Atmosphäre im Eingangsbereich ist ruhig, fast idyllisch, aber ein unbestimmtes Gefühl von Nervosität schleicht sich in die Luft, als ich ihre Haltung studiere.
Sie ist vorsichtig, vielleicht sogar ängstlich, ohne es offen zu zeigen.

Ich atme tief ein und versuche, so ruhig und freundlich wie möglich zu wirken, während ich meinen Ausweis ziehe. „Guten Tag, Mrs. Thompson. Mein Name ist Mia Sanchez, und ich bin Specialagent beim FBI", beginne ich, meine Stimme ruhig und bestimmt. Ich halte inne und zeige ihr meine Marke, damit sie weiß, dass ich es ernst meine. „Wir sind auf der Suche nach Ihrem Bruder, Derek Thompson. Wir hoffen, dass er uns bei einem laufenden Fall unterstützen könnte. Es scheint, als sei er untergetaucht, und wir hoffen, dass Sie uns helfen können, ihn zu finden."

Als ich seinen Namen nenne, ändert sich sofort ihr Gesichtsausdruck. Die erste Reaktion ist eine Art unterschwellige Besorgnis, die sie kaum zu verbergen versucht. Ihre Miene wird kühler, und für einen Moment verschwimmt der Ausdruck in ihren Augen, als ob sie von einer plötzlichen Welle der Erinnerung oder des Schmerzes getroffen wird.
Ihre Augen glänzen für einen Moment, als ob sie kurz am Rande des Weinens ist, aber sie kontrolliert sich schnell.

Sie blickt einen Moment lang auf das Kind an ihrer Seite, das noch immer in einem neugierigen, aber nun auch etwas besorgten Blick zwischen uns hin und her sieht.
„Emily, geh bitte in dein Zimmer und spiel ein wenig“, sagt Leah mit einer sanften, aber bestimmten Stimme, die keinen Widerspruch zulässt. „Ich muss allein mit Ms. Sanchez sprechen.“
Das Mädchen nickt gehorsam und schlüpft dann in ihr Kinderzimmer. Als sich die Tür hinter Emily schließt, dreht sich Leah zu mir und deutet an, dass ich eintreten soll, und wir gehen in das gemütlich eingerichtete Wohnzimmer, das mit weichen Teppichen und einem warmen Kamin ausgestattet ist.
Es ist ein Ort, der Ruhe und Geborgenheit ausstrahlt. Sie setzt sich auf die Couch und faltet die Hände in ihrem Schoß, bevor sie mich erneut ansieht.

„Sie suchen nach Derek? Ich habe schon seit Jahren keinen Kontakt mehr zu ihm. Er ist untergetaucht. Ich denke, er ist einfach wieder auf einer seiner Missionen“, fügt sie hinzu, doch der Zweifel in ihrer Stimme verrät mehr, als sie zuzugeben bereit ist. „Was ist passiert?“ Sie hält inne, als ob sie sich nicht sicher ist, wie viel sie preisgeben soll.

Eine spürbare Unsicherheit liegt in der Luft, und ich weiß, dass sie mehr weiß, als sie bereit ist zu sagen.
Etwas in mir sagt mir, dass sie nicht die ganze Wahrheit erzählt.
Derek Thompson ist nicht einfach verschwunden.

Er hat sich abgekapselt, um seiner Vergangenheit zu entfliehen, und er weiß, wie man sich unsichtbar macht. Diese Ausbildung, die er beim Militär genoss, hat ihm Fähigkeiten verliehen, die selbst die besten Agenten des FBI in den Wahnsinn treiben könnten. Er ist ein Meister im Verbergen, und das spürt man auch hier, in dieser Atmosphäre, die so ruhig und unschuldig wirkt.

Ich halte inne, studiere sie und warte auf den nächsten Schritt. Irgendetwas an ihrer Haltung, an der Art, wie sie spricht und sich bewegt, lässt mich wissen, dass sie mir noch nicht alles erzählt hat. Aber ich werde sie dazu bringen müssen. Sie weiß mit Sicherheit, wo sich ihr Bruder versteckt und wenn ich es richtig anstelle, werde ich erfahren, was sie weiß.

„Ich möchte Sie nicht beunruhigen, Mrs. Thompson“, beginne ich mit sanfter Stimme, versuche, sie so ruhig wie möglich anzusprechen, ohne dass sie sich noch mehr Sorgen
macht. „Wir sind nicht auf der Suche nach ihm, um ihm etwas zur Last zu legen.“

Ich blicke ihr in die Augen, um ihr Vertrauen zu gewinnen, und fahre fort: „Hören Sie, vor einigen Jahren hat er dem FBI bei einem wichtigen Fall geholfen, und wir glauben, dass er auch diesmal von unschätzbarem Wert sein könnte. Wir wissen von seinem militärischen Hintergrund und davon, was er in seiner Vergangenheit durchgemacht hat.“

Um sie weiter zu beruhigen, lege ich vorsichtig meine Hand auf die ihre.

Ich hoffe, dass diese einfache Geste ihr hilft, sich ein wenig sicherer zu fühlen.
Leah Thompsons Gesichtsausdruck verändert sich augenblicklich.
Ihre Augen wandern zu meiner Hand, die beruhigend auf ihrer liegt, und dann wieder zu meinem Gesicht. Es ist, als würde sie die Bedeutung meiner Worte abwägen, und in ihrem Blick liegt ein Hauch von Erleichterung, aber auch Sorge. Sie atmet tief durch, als ob sie sich auf das, was sie gleich sagen wird, vorbereiten muss.

„Ich… ich verstehe“, sagt sie leise, und ich spüre, wie die Last von einer unsichtbaren Mauer in ihrem Inneren langsam fällt. „Ich dachte, er sei in Gefahr. Er hat mir damals gesagt, dass ich niemandem erzählen soll, wo er ist. Aber…, wenn es wirklich wichtig ist, dann… dann werde ich versuchen, ihn zu erreichen.“ Ihre Stimme zittert, und sie hält einen Moment inne, bevor sie weiterspricht. „Er hat mir gesagt, dass er sich um seine Vergangenheit kümmern muss.“

Es schmerzt mich, diesen Kummer in ihrer Stimme zu hören. Sie spricht mit einer Mischung aus Fürsorge und der Angst, ihren Bruder erneut zu verlieren.
Doch zugleich ist da auch eine tiefe Entschlossenheit.
„Er hat versucht, ein normales Leben zu führen“, fährt sie fort, und ihre Stimme wird nun weicher, beinahe resigniert. „Aber es ist nicht leicht, wenn man wie er ist.“

Ihre Augen sinken auf ihre Hände, als ob sie dort nach etwas Halt sucht. „Er hat Dinge gesehen und getan, die niemand sehen oder tun sollte. Er hat so viel durchgemacht. Er hat seine Dämonen, genau wie jeder andere, aber er trägt sie mit sich,
und ich mache mir so große Sorgen um ihn."

Ich merke, wie schwer es ihr fällt, über ihren Bruder zu sprechen, wie tief diese Ängste und Sorgen in ihr verwurzelt sind. Es ist nicht nur die Liebe einer Schwester, die sie durchdringt, sondern auch das Gefühl der Hilflosigkeit.
Sie sieht mich jetzt mit einem Blick an, der fast flehend wirkt, als ob sie sich von mir etwas erhofft, von dem sie sich nicht sicher ist, ob es überhaupt möglich ist.

„Er hat sich entschieden, ein einfaches Leben zu führen", erklärt sie weiter, ihre Worte kommen langsam, als ob sie jeden Satz abwägen würde. „Er arbeitet jetzt als Mechaniker, weit weg von der Großstadt, fernab vom Trouble, den er hinter sich lassen wollte. Er sucht nach Frieden. Und ich will nur, dass er endlich diesen Frieden findet."

Ich spüre ihre tiefe Sorge, ihre Angst, dass ihr Bruder irgendwann den Halt verlieren könnte, dass seine Vergangenheit ihn irgendwann einholen wird. Sie spricht von ihm, als ob er in einem ständigen Kampf zwischen der Vergangenheit und der Hoffnung auf ein besseres Leben steckt. Die Last der Erinnerungen und der Feinde, die er sich gemacht hat, lastet schwer auf ihr.

„Bitte, Agent Sanchez“, sagt sie mit leiser, eindringlicher Stimme, „er ist ein guter Mensch. Er verdient es, ein normales Leben zu führen, so wie jeder andere auch.“
Ich nicke verständnisvoll, und es fällt mir schwer, ihre Worte nicht ernst zu nehmen.
Ihr Schmerz ist spürbar, und ich kann sehen, dass es für sie von entscheidender Bedeutung ist, dass ihr Bruder endlich den Frieden findet, nach dem er so lange gesucht hat.
„Ich werde ihn nicht zwingen, mit mir zu sprechen, Mrs. Thompson“, versichere ich ihr sanft, während ich ihr tief in die Augen schaue. „Ich verstehe, wie wichtig ihm sein Leben in Ruhe ist. Ich werde ihn nicht in meinen Fall verwickeln, es sei denn, es ist unbedingt nötig. Ich habe ein paar Fragen an ihn.“
Ich ziehe meine Visitenkarte aus meiner Tasche und lege sie auf den Tisch vor ihr. „Wenn er bereit ist, mit mir zu sprechen, dann soll er sich bei mir melden. Ich würde mich freuen, von ihm zu hören.“
Ich lege meine Hand leicht auf die Karte, ein letzter Versuch, ihr Vertrauen zu gewinnen. „Bitte sagen Sie ihm, dass er mich anrufen kann, wann immer er bereit ist.“
Leah Thompson sieht mich einen Moment lang an, ihre Augen voll von undurchsichtigen Gefühlen. „Ich werde ihm sagen, was Sie gesagt haben“, sagt sie schließlich mit einer Stimme, die etwas fester klingt als zuvor.
Sie nimmt meine Visitenkarte entgegen, und ich kann förmlich spüren, wie ihre Hand für einen Moment zögert, bevor sie die Karte festhält.

Ihre Augen sind immer noch von Sorge erfüllt, und der Ausdruck auf ihrem Gesicht verrät, wie schwer diese Entscheidung für sie ist. Sie nickt, aber der Ausdruck in ihren Augen bleibt angespannt, fast wie eine stille Bitte.
„Danke, Agent Sanchez", sagt sie leise, ihre Stimme zittert fast. „Ich werde mit ihm sprechen. Ich hoffe, er wird bereit sein, mit Ihnen zu reden." Ein schwaches Lächeln zuckt über ihr Gesicht, aber es erreicht nicht ganz ihre Augen.

Sie begleitet mich zur Tür, und ich kann den leichten Druck ihrer Hand auf dem Türgriff spüren, ein weiteres Zeichen ihrer Unsicherheit.
Als ich mich zum Abschied umdrehe, hört man ihre leise Stimme, die fast wie ein Flüstern wirkt. „Bitte, passen Sie auf ihn auf."
Es klingt wie eine Bitte, die tief aus ihrem Inneren kommt, wie ein verzweifelter Wunsch, dass jemand ihren Bruder beschützen möge, jemanden, der so oft alleine gekämpft hat.
„Ich werde mein Bestes tun, Mrs. Thompson", antworte ich, doch ich weiß, dass die Sorge in ihrer Stimme etwas ist, das ich nur schwer ablegen kann.
Ich nicke ihr zu und verlasse das Haus, der frischen Luft entgegen.
Doch in mir bleibt die Schwere dieser Begegnung zurück, die immer noch an mir zieht, während ich mich ins Auto setze und den Weg zurück ins Field Office antrete.

Ein Ruf aus dem Schatten

Während der Fahrt lasse ich die Worte, die wir gewechselt haben, immer wieder durch meinen Kopf kreisen.
Was genau ist die Geschichte von Derek Thompson? Warum hat er sich abgekapselt und warum lebt er in solch völliger Isolation? Hat er wirklich nur seine Vergangenheit hinter sich gelassen, oder gibt es noch mehr, das er uns nicht sagt? Und vor allem: Kann er uns helfen, Jenkins zu finden? Ich bin mir nicht sicher, aber ich weiß eines, ich werde nicht ruhen, bis ich es herausfinde.
Ich hoffe inständig, dass Derek Thompson bald Kontakt zu mir aufnimmt, dass er sich öffnet und wir endlich die Antworten bekommen, die wir so dringend brauchen. Denn ohne ihn fehlt uns ein entscheidendes Puzzlestück. Doch die Ungewissheit nagt an mir. Wird er uns überhaupt helfen?

Zurück im Büro finde ich Hale in seinem Büro, und ich nehme einen tiefen Atemzug, bevor ich ihm von meinen bisherigen, eher dürftigen Fortschritten berichte.
„Wir haben nicht viel, was uns weiterhilft, Hale", beginne ich, während ich ihm die wichtigsten Punkte der letzten Stunden darlege. „Leah Thompson hat mir bestätigt, dass ihr Bruder untergetaucht ist. Sie wird ihn kontaktieren, aber ich habe das Gefühl, dass er uns nicht einfach helfen wird. Wenn er wirklich so vorsichtig ist, wie sie sagt, könnte es noch eine Weile dauern, bis er sich meldet."

Hale nickt nachdenklich und lehnt sich in seinem Stuhl zurück, seine Augen auf den Bildschirm gerichtet, als ob er die Informationen, die wir haben, erneut durchgeht. „Wenn er sich nicht meldet, müssen wir einen anderen Ansatz finden“, sagt er schließlich, seine Stimme fest und bestimmt. „Wir können nicht warten, dass er uns die Antwort liefert. Jenkins könnte noch am Leben sein, aber das wissen wir nicht sicher. Unsere oberste Priorität muss sein, herauszufinden, ob er noch lebt, und ihn gegebenenfalls zu retten.“ Die Schwere seiner Worte trifft mich wie ein Schlag, und ich spüre, wie die Verantwortung erneut auf meinen Schultern lastet. Die Uhr tickt, und jeder verstrichene Moment könnte einen Unterschied machen. Aber es bleibt nur wenig Zeit, und so viele Fragen sind noch offen.

Nach dem Gespräch mit Hale fahre ich nach Hause. Der Abend ist längst hereingebrochen, doch die Gedanken an den Fall lassen mich nicht los. Zu Hause angekommen, setze ich mich an meinen Schreibtisch und öffne die Akten zu dem Fall, der mir schon so viele schlaflose Nächte beschert hat. Vielleicht gibt es noch Details, die ich übersehen habe. Vielleicht gibt es noch Hinweise, die mir bei der Suche nach Derek Thompson und Jenkins weiterhelfen können.

Ich blättere erneut durch die alten Akten, die wir aus Agent Smiths Fall übernommen haben. Ein neuer Gedanke keimt auf.

Wenn diese mysteriöse Söldnergruppe „die Schatten" tatsächlich wieder in das Spiel involviert ist, dann könnten wir durch ihre Operationen vielleicht noch immer eine Spur finden. Ich durchforste die Akten nach Hinweisen auf ihre letzten Bewegungen, aber leider führt auch dieser Ansatz zu keinem greifbaren Ergebnis.
Es scheint fast, als wären sie vollkommen unsichtbar geworden, als hätten sie sich endgültig im Untergrund versteckt. Sie arbeiten mit einer Präzision und Geheimhaltung, die überaus erschreckend ist, und ihre Spuren lassen sich kaum verfolgen.

Frustriert lasse ich die Akten sinken und lehne mich zurück, meine Gedanken sind wirr und überfordert. Es fühlt sich an, als wären wir in einem endlosen Labyrinth gefangen, ohne einen klaren Ausweg.
Doch ich weiß, dass ich nicht aufgeben kann. Der Fall ist zu wichtig, und ich werde alles daransetzen, die Wahrheit zu finden. Ganz gleich, wie tief wir graben müssen.

Die Stunden verfliegen wie im Flug, während ich am Küchentisch sitze und versuche, die verstreuten Informationen zusammenzusetzen. Ich habe mit unserer Analyseeinheit telefoniert, versuche, aus den wenigen Hinweisen, die mir zur Verfügung stehen, ein Bild zu formen. Doch trotz all der Gespräche und der Datenanalyse bleibt mir das Gefühl, dass ich auf der Stelle trete. Die Puzzleteile passen noch immer nicht zusammen, und der Fall von Alexander Jenkins bleibt ein Nebel aus Ungewissheit.

Wo zur Hölle steckt dieser Mann? Was hat er mit den „Schatten“ zu tun? Es fühlt sich an, als würde jeder Schritt, den ich mache, mich nur tiefer in einen undurchdringlichen Dschungel führen.

Die Zeit vergeht, der Zeiger auf der Uhr zieht sich langsam und quälend. Der Raum ist still, nur das Klicken meiner Tastatur und das leise Summen der Klimaanlage sind zu hören. Es ist bereits weit nach Mitternacht, die Müdigkeit macht sich bemerkbar, und ich merke, wie meine Augen schwer werden. Der Fall wirbelt in meinem Kopf, aber ich kann mich nicht mehr richtig konzentrieren. Ich schließe die Augen für nur einen Moment.

Plötzlich reißt mich die Vibration meines Handys aus dem kurzen Schlaf. Ich blinzele, der Bildschirm des Handys leuchtet grell in der Dunkelheit, und ich sehe eine unterdrückte Nummer. Eine Sekunde lang zögere ich, unsicher, ob ich den Anruf annehmen soll.
Wer könnte zu dieser Stunde anrufen? Ein seltsames Gefühl der Vorahnung überkommt mich, und der Rest der Welt scheint für einen Moment stillzustehen, als ich den Bildschirm anstarre. Ich nehme den Anruf an, das Geräusch des Sprechers in meiner Hand ertönt plötzlich laut in der Stille meiner Küche.

„Hallo?“, frage ich, meine Stimme klingt rauer, als ich sie erwartet hätte.

Am anderen Ende der Leitung ist eine tiefe, gleichmäßige Stimme zu hören, die mich für einen Moment innehalten lässt. Sie ist ruhig, fast zu ruhig, als ob sie mich auf die Probe stellen möchte.
„Agent Sanchez. Mein Name ist Derek Thompson. Ich habe gehört, dass Sie nach mir suchen."

Mein Herz setzt für einen Moment aus. Ein Adrenalinstoß durchzuckt mich wie ein Blitz. Endlich. Der Mann, nach dem wir so lange gesucht haben.
Derek Thompson.
Der Name schwingt in meinem Kopf nach, als ich mich darauf konzentriere, ruhig zu bleiben, obwohl in mir alles vor Aufregung vibriert.
„Ja, Mister Thompson", antworte ich, versuche, meine Stimme so fest und kontrolliert wie möglich zu halten. „Ich bin auf der Suche nach Ihnen. Ich habe einige Fragen, die ich gerne mit Ihnen besprechen würde."
Die Stille am anderen Ende der Leitung wird für einen Moment so drückend, dass ich beinahe den Eindruck habe, dass er sich überlegt, ob er überhaupt antworten möchte.
Dann, fast als hätte er die Entscheidung getroffen, öffnet sich der Raum für die Kommunikation: „Ich bin bereit, mit Ihnen zu sprechen. Aber ich muss wissen, dass ich Ihnen vertrauen kann. Ich habe nicht viel Zeit."

Seine Worte sind kalt und berechnend, und es wird mir klar, dass dieser Mann, mit dem ich gerade spreche, es gewohnt ist, Misstrauen zu hegen.

Er hat Gründe, vorsichtig zu sein. Die Frage ist: Wie gewinne ich sein Vertrauen? Ich weiß, dass es keine einfache Sache sein wird, aber ich muss es versuchen. Er muss verstehen, dass ich keine Bedrohung darstelle, dass meine Absichten ehrlich sind.
Ich überlege kurz, was ich ihm sagen könnte, um ihn zu beruhigen und ihm zu zeigen, dass ich die Sache ernst nehme. Schließlich entscheide ich mich, ihm die Kontrolle zu überlassen. Er muss entscheiden, wann und wo er sich mit mir treffen will.
„Hören Sie", sage ich, meine Stimme wird sanfter, „Ich habe nur ein paar Fragen, und wenn Sie mir helfen können, dann bitte ich Sie, mir das zu ermöglichen. Sie können den Ort bestimmen, und ich werde mich an alles halten, was Sie verlangen."
Es herrscht erneut eine gespannte Pause, und ich kann das Geräusch seines Atems förmlich hören, das wie ein leises Rauschen durch das Telefon dringt.
Dann, nach einer gefühlten Ewigkeit, höre ich ihn wieder sprechen, seine Worte jetzt klarer und entschlossener:
„Gut. Ich werde Ihnen eine Adresse geben. Treffen Sie mich dort in einer Stunde. Kommen Sie allein. Ich werde Ihnen helfen, wenn ich kann."
Er nennt mir eine Adresse, in einem abgelegenen Teil der Stadt, weit weg von den üblichen Polizeirouten. Ein abgelegener Ort, der mich nervös macht, aber auch entschlossen. Ich weiß, dass ich keine Wahl habe, als dorthin zu gehen.

„Seien Sie pünktlich, Agent Sanchez", sagt er abschließend, und in seiner Stimme liegt eine schneidende Bestimmtheit, die mir eine Gänsehaut über den Rücken jagt. „Ich werde nicht lange warten."
Ich nehme die Adresse auf und bestätige kurz, dass ich kommen werde.
Thompson beendet das Gespräch abrupt, ohne noch ein weiteres Wort zu verlieren.

Die Kühle in seiner Stimme hallt in meinen Ohren nach, als er auflegt. Eine seltsame Leere bleibt zurück. Ich kann nicht genau sagen, warum, aber etwas an diesem Gespräch hat mich beunruhigt.
Vielleicht ist es die Distanz in seiner Stimme oder vielleicht ist es die ganz einfache Tatsache, dass er mir gerade einen kleinen Hoffnungsschimmer gegeben hat, auf Informationen, die meinen Fall voranbringen.

Ein Pakt im Dunkeln

Mit einem seufzenden Blick auf das Display meines Handys überlege ich einen Moment lang, ob ich doch nicht besser jemanden informieren sollte.
Es ist Mitternacht, die Straßen sind menschenleer, und ich werde mich in die Dunkelheit wagen, um einen Mann zu treffen, der nicht einmal sicher ist, ob er mir trauen kann.
Doch dann erinnere ich mich an die letzte warnende Bemerkung in seiner Stimme. Und ich weiß, dass ich keine Wahl habe. Dies könnte unsere einzige Chance sein, endlich etwas über Jenkins herauszufinden, oder vielleicht sogar ihn zu finden. Ich kann keine weiteren Zögerlichkeiten zulassen.
Hale werde ich morgen aufklären, wenn ich wieder im Büro bin, doch jetzt zählt nur dieses Treffen. Die Entscheidung steht fest.

Ich schnappe mir meine Waffe und das Handy,
spüre die vertraute Kühle des Metalls in meiner Hand. Es gibt mir ein wenig Sicherheit, auch wenn ich weiß, dass es keine Garantie ist.
Der Mustang startet mit einem tiefen Brummen, als ich mich in den Fahrersitz sinken lasse und die Fahrt beginne.
Während der Fahrt, gehe ich in Gedanken durch, was er mir wohl sagen und welche Informationen er mir geben könnte.
Was ist wirklich in diesem geheimen, dunklen Winkel der Stadt zu finden?

Wird er mir bei der Suche nach Jenkins helfen, oder gibt es noch mehr, das er mir verschweigt? Ich kann nur hoffen, dass es keine Falle ist. Aber mit jedem Kilometer, den ich zurücklege, wird das Gefühl intensiver, dass ich mich in unbekannte Gewässer begeben habe.

Der Weg wird zunehmend ruhiger und abgelegener. Schließlich erreiche ich das Ziel: eine Lagerhalle, die verloren zwischen den steilen Hügeln und endlosen Wäldern liegt. Der Weg dorthin war einsam, und als ich jetzt vor der Lagerhalle stehe, fühle ich mich noch mehr wie ein Teil dieses verlassenen, kaum bewohnten Teils der Welt.

Reaven's Peak ist ein kleines, abgelegenes Bergdorf, das nur allzu leicht den Eindruck erweckt, in der Zeit stehen geblieben zu sein. Alte Häuser, die so verfallen sind, dass man fast das Gefühl hat, sie seien für immer vergessen. Die Straßen sind schmal, fast schon zu schmal, als ob sie der Natur Platz machen müssten. Ein idyllischer Ort, fernab der hektischen Welt. Der perfekte Rückzugsort für jemanden, der versucht, seiner Vergangenheit zu entkommen.

Ich kann nicht anders, als mich zu fragen, was Thompson hierhergetrieben hat.
Mit einer Mischung aus Entschlossenheit und einem Hauch von Nervosität steige ich aus dem Auto und gehe auf die Lagerhalle zu. Die Tür ist schwer und aus Metall, von der Zeit und den Elementen gezeichnet.

Es gibt keinen Hinweis auf Leben, keine Spuren von jemandem, der hier regelmäßig verkehrt. Die Dunkelheit um mich herum wirkt fast erdrückend, nur der schwache Schein des Mondes bricht ab und an durch die Bäume, um mir den Weg zu weisen.
Ich bleibe einen Moment stehen, lausche in die Stille der Nacht, aber es ist niemand zu sehen.
Die Luft fühlt sich dick an, schwer von der kühlen Bergluft und der gespannten Stille, die sich wie ein unsichtbares Band um alles legt.

Plötzlich durchbricht ein leises, unheimliches Knarren die Stille. Es kommt von der Tür der Lagerhalle.
Ein Ruck, dann öffnet sie sich, ganz langsam, und ein dunkler Schatten erscheint im Inneren.
Ich spüre, wie mein Herz schneller schlägt, als ich die tiefe, vertraute Stimme höre:
„Kommen Sie herein, Agent Sanchez."

Ich atme scharf ein, während mein Blick sich auf den Schatten richtet.
Jede Faser meines Körpers sagt mir, dass dies ein Wendepunkt ist.
Ein Moment, der die Dinge entweder in Bewegung setzen wird oder uns tiefer in das Dunkel führt. Aber ich kann nicht zurück. Es gibt keinen Rückweg mehr. Langsam, ohne auch nur einen weiteren Moment zu zögern,
mache ich den ersten Schritt auf die Schwelle und trete in die Dunkelheit, die mir entgegenkommt.

Ich folge der tiefen, ruhigen Stimme und betrete die Lagerhalle.

Der Raum ist weit und hallt von den unheimlichen Geräuschen der Nacht wider. Das Mondlicht, das durch die schmutzigen Fenster sickerte, wirft geisterhafte Lichtflecken auf den staubigen Boden und die abgeblätterten Wände.

Dort, im Schatten, steht er, Derek Thompson. Auch wenn das Licht spärlich ist, erkenne ich sofort seine Präsenz. Er ist groß, seine Silhouette kraftvoll, seine Haltung von einer seltsamen Mischung aus Ruhe und wachsamem Misstrauen geprägt.
„Ich bin Derek Thompson", sagt er, seine Stimme tief und gleichzeitig leicht rau, als ob sie durch Jahre der Erfahrung und des Widerstands geformt wurde.
Ein Schritt näher, und ich kann seine Statur besser wahrnehmen. Er wirkt breitschultrig, fest, fast unerschütterlich. Die Züge seines Gesichts sind markant, jeder Ausdruck scheint von der Schwere und dem Kampf der vergangenen Jahre zu erzählen.
In seinen dunklen Augen, liegt ein unbeschreiblicher Schmerz, als ob sie Zeugen von Dingen waren, die kein Mensch erleben sollte. Die Tiefe in seinem Blick ist fast überwältigend, und für einen Moment fühlt es sich an, als würde er mich in diesem Moment durchdringen, bis in die Tiefen meiner Seele.

Es ist eine Prüfung, die er mir auferlegt, und ich kann spüren, wie seine Augen mich messen, als ob er entscheidet, ob er mir vertrauen kann.
Die Spannung in der Luft ist fast greifbar, und ich merke, wie mein eigener Atem sich verändert. In diesem Moment spüre ich die Last seiner Geschichte, der Dinge, die er erlebt haben muss.
Es sind Momente, die die meisten Menschen niemals verstehen können, und trotzdem weiß ich, dass ich auf ihn angewiesen bin.

„Ich weiß, warum Sie hier sind“, sagt er schließlich, und es klingt fast so, als ob er bereits mehr weiß, als er preisgibt. „Sie suchen nach Jenkins. Ich kann Ihnen helfen.“
Er macht eine Pause, und seine Worte hängen schwer in der Luft. „Ich habe Dinge gesehen und getan, die ich nicht gerne wiederhole. Aber ich kann Ihnen sagen, dass Jenkins in großer Gefahr ist. Wenn Sie ihn finden wollen, müssen Sie mir zuhören und mir vertrauen.“

Für einen Moment ist alles still. Diese Erkenntnis trifft mich mit voller Wucht. Jenkins ist nicht nur vermisst, er ist in Gefahr. Und Thompson scheint der Schlüssel zu all dem zu sein.

Die Tatsache, dass er scheinbar schon weiß, weshalb ich hier bin, lässt mich für einen Augenblick stocken.
Doch dann, von einer Mischung aus Frustration und Ungeduld getrieben, kann ich es nicht länger zurückhalten.

Meine Stimme klingt fester, als ich mich wieder fange. „Woher wissen Sie von dem Vermisstenfall? Was wissen Sie darüber?“
Seine Reaktion ist eine subtile Veränderung in seiner Miene, ein leichtes Zurückweichen, als er mich mit seinen scharfen Augen mustert. Für einen Moment schien er in meiner Antwort nach einem versteckten Vorhaben zu suchen.
Doch in diesem Moment halte ich inne. Ich erinnere mich daran, dass er kein Verdächtiger ist, dass er mir helfen kann, dass er derjenige ist, der mich aus dieser verzwickten Situation rausholen kann.
Ich atme tief ein, schüttle mich kurz, um die Spannung zu lösen, und dann gebe ich zu, dass ich vielleicht zu weit gegangen bin. „Es tut mir leid, Mr. Thompson. Ich danke Ihnen, dass Sie sich mit mir treffen. Entschuldigen Sie meinen Übereifer.“
Ein Hauch von Verständnis flackert in seinen Augen auf, und er nickt langsam, als ob er
meine Reaktion nachvollziehen könnte.

„Keine Sorge, Agent Sanchez“, sagt er mit einem
leichten Lächeln, das kaum mehr als ein Hauch ist, aber dennoch eine kleine Versöhnung bringt.
„Ich verstehe. Ich habe meine Gründe, warum ich so viel über den Fall weiß. Ich war einmal Teil dessen, was Jenkins jetzt durchmacht. Ich kann Ihnen helfen, ihn zu finden, aber ich muss wissen, dass ich Ihnen vertrauen kann.“

Seine Worte hängen wieder in der Luft, schwer und voll von unausgesprochenen Wahrheiten. Ein tieferes, dunkleres Geheimnis liegt hinter seiner Geschichte, doch jetzt ist es nicht der Moment, um danach zu fragen.
Stattdessen wartet er einen Moment, bevor er fortfährt: „Ich denke, wir sollten uns setzen und reden. Es gibt viel zu besprechen."

Thompson geht mit mir zu einem alten Pick-up-Truck, der neben der Lagerhalle geparkt ist. Der rostige Lack, die Staubschicht auf dem Fahrzeug, verleihen ihm etwas unheimlich Authentisches.

Ohne ein weiteres Wort öffnet er die Tür. „Steigen Sie ein, Agent Sanchez. Hier ist es nicht sicher. Ich kenne einen besseren Ort, um sich zu unterhalten."
Mit einem letzten Blick zurück auf die dunkle, stille Lagerhalle, die mir wie ein Relikt aus einer längst vergangenen Zeit erscheint, steige ich in den Wagen.

Die drückende Spannung der Nacht ist noch immer in mir, aber ich weiß, dass ich keinen Schritt zurückmachen kann. In diesem Moment sind wir auf demselben Weg, und vielleicht ist dies der einzige, der uns zu den Antworten führen kann, nach denen wir suchen.
Er startet den Motor des Wagens, dreht den Schlüssel um und der kräftige Klang des Motors durchbricht die Stille. Mit einem Ruck setzt sich das Fahrzeug in Bewegung, und wir fahren in die schummrige Dämmerung hinaus.

Während wir die engen, einsamen Straßen entlangfahren, beginne ich, eine Ahnung davon zu bekommen, dass der Mann neben mir mehr zu erzählen hat, als ich zunächst dachte. Plötzlich bricht er das Schweigen und wendet sich mir zu, sein Blick ist scharf und fokussiert.

„Sie glauben doch sicher, dass 'die Schatten' in diesen Fall verwickelt sind, oder?" fragt er, während er die Straße beobachtet, aber dennoch spürt man seine Aufmerksamkeit auf mir. Ich nicke vorsichtig, unsicher, was als Nächstes kommen wird, und er fährt fort. „Die Schatten, wie sie genannt werden, sind eine ehemalige Eliteeinheit. Sie haben das Militär verlassen, aber nicht, weil sie aufhören wollten zu kämpfen. Nein, sie haben sich selbstständig gemacht.

Sie wurden für Spezialoperationen ausgebildet, aber irgendwann haben sie beschlossen, ihre Fähigkeiten auf eigene Faust zu nutzen. Heute sind sie Söldner. Sie sind bestens ausgebildet und hervorragend ausgerüstet, aber ohne jegliche Moral. Ihr einziges Ziel ist es, den Auftraggebern zu dienen, die am meisten bezahlen, ganz gleich, wer diese Auftraggeber sind."

Die Worte hallen nach, als Thompson den Wagen weiter durch die abgelegenen, windigen Straßen von Reaven´s Peak steuert. Die Umgebung wirkt zunehmend düsterer, als ob die Landschaft die dunkle Geschichte der Schatten widerspiegelte.

Er spricht weiter, seine Stimme ruhig, aber mit einer ernsten Schärfe, die den Ernst der Lage unterstreicht.
„Ich war einmal selbst Teil dieser Einheit", fährt er fort, „Ich war unter ihrem Kommando. Undercover. Ein Geheimauftrag für die Regierung. Ich kenne ihre Denkweise, ihre Methoden. Ich weiß, wie sie operieren."
Er verstummt für einen Moment, als würde er die Vergangenheit noch einmal durchleben. Dann setzt er seine Erzählung fort: „Damals hatte ich die Aufgabe, mich als Geheimagent in die Schatten einzuschleusen, um sie zu zerschlagen. Die Mission war ein voller Erfolg, und wir konnten den Großteil dieser Einheit auslöschen, doch nicht alle.

Einige sind entkommen und sie haben sich neuformiert. Wir reden hier von einer gefährlichen Splittergruppe, die immer noch für den Meistbietenden arbeitet. Es spielt keine Rolle, ob es sich um Mafia-Kartelle oder korrupte Regierungsbeamte handelt. Ihre Loyalität liegt bei denjenigen, die ihnen den meisten Profit versprechen."

Thompson wirft mir einen ernsten Blick zu, als würde er mir die Schwere seiner Worte direkt ins Gesicht sagen wollen. „Die Schatten sind immer noch aktiv, Agent Sanchez, und stellen eine enorme Bedrohung dar. Sie sind skrupellos und gefährlich. Wenn Jenkins in ihre Hände gefallen ist, dann steckt er in großen Schwierigkeiten."

Er hält an einer Kreuzung, und der Wagen kommt ruckartig zum Stillstand. Der Motor läuft weiter, doch für einen Moment bleibt es still.

Thompson dreht sich zu mir um und blickt mir direkt in die Augen.

„Ich kann Ihnen helfen, Jenkins zu finden", sagt er schließlich. „Aber wir sind an einem entscheidenden Punkt angekommen. Dies hier", er deutet auf die düstere Landschaft um uns herum, „ist der Ort, von dem aus die Schatten damals ihre Operationen leiteten. Es war ihr Rückzugsort, ihr Zentrum. Ich könnte versuchen, herauszufinden, wo sie sich jetzt aufhalten, aber ich muss wissen, dass Sie bereit sind, das Risiko einzugehen. Es wird nicht einfach, und es wird gefährlich."

Ich bin mir der Gefahr bewusst, aber auch die Entschlossenheit, Jenkins zu finden, wächst in mir.

„Was hatte Jenkins mit den Schatten zu tun?

Ist er ein Teil von ihnen? Oder haben sie ihn entführt, weil er zu viel wusste?“, frage ich, und die Unsicherheit in meiner Stimme verrät die Bedenken, die mich plagen. „Und wenn er entführt wurde, könnte er vielleicht noch am Leben sein?“

Thompson nickt langsam, sein Blick wird dabei noch ernster. „Ich glaube fest daran, dass Jenkins von den Schatten entführt wurde. Es gibt keinen anderen logischen Grund für sein Verschwinden. Sie haben ihn vermutlich gefangen genommen, weil er zu dicht an die Wahrheit herangekommen ist. Er hat womöglich recherchiert, hat Verbindungen gezogen, und herausgefunden, dass die Schatten hinter einer Reihe von Morden und Entführungen stecken, die in den letzten Monaten aufgetreten sind. Sie wollten ihn zum Schweigen bringen, bevor er zu viele Leute über ihre Machenschaften informieren konnte.“

Thompsons Worte hängen in der Luft, schwer und bedrohlich. Die Dunkelheit der Nacht scheint sich noch weiter zu verdichten, als wir an diesem Punkt des Gesprächs angekommen sind.

Er hält für einen Moment inne, sein Blick wird ernst, bevor er fortfährt: „Ich bin mir ziemlich sicher, dass Jenkins noch lebt. Wenn die Schatten ihn entführt haben, würden sie ihn nicht sofort töten. Sie würden ihn zunächst verhören, um herauszufinden, was er weiß und wer noch aus seinem Umfeld in diese Sache verwickelt ist. Aber wir müssen schnell handeln, Agent Sanchez. Je mehr Zeit wir verlieren, desto

höher wird die Gefahr, dass sie ihn töten oder ihn in irgendein Loch werfen, aus dem er nie wieder herauskommt."
„Was denken Sie, könnte er herausgefunden haben?" frage ich Thompson.
Es handelt sich um eine laufende FBI-Ermittlung, und er ist ein Zivilist. Normalerweise arbeite ich nicht gerne im Team.
Ich bin ein Einzelgänger.
Doch bei Mr. Thompson fühlt es sich auf seltsame Weise richtig an, als wäre es das Natürlichste der Welt. Ich vertraue ihm irgendwie.

Während ich ihm von den Beweisen und den verschiedenen Theorien erzähle, die ich im Laufe des Abends entwickelt habe, hört er aufmerksam zu. Seine Augen sind fokussiert, und ich kann sehen, wie er jede Einzelheit für sich verarbeitet, als ob er Teil des Teams wäre und nicht nur ein zufällig in diese Ermittlungen verwickelter Mann.
„Das ist eine gute Frage", sagt Thompson schließlich nachdenklich. „Ich denke, Jenkins könnte etwas entdeckt haben, das die Schatten mit einem korrupten Regierungsbeamten verbindet. Etwas, das sie mit aller Macht geheim halten wollen. Ich habe gehört, dass es um eine enorme Geldsumme geht, die für illegale Geschäfte verwendet wird."
Er sieht mich an, als ob er darauf wartet, dass ich noch mehr sage.
„Alexander Jenkins ist der Stabschef von Gouverneur Harrison Green", antworte ich und schaue ihm in die Augen. „Dieser Mann ist mir suspekt.

Ich befürchte, er ist nicht ganz legal in diese Position gekommen. Ich bin fest davon überzeugt, dass er Dreck am Stecken hat, und ich glaube auch, dass er nicht der Typ ist, der sich die Hände selbst schmutzig macht."
Thompson nickt langsam, als ob er meine Worte soeben bestätigt hätte. „Das ergibt Sinn. Ich habe auch gehört, dass Green nicht der ist, der er zu sein scheint. Gerüchten zufolge hat er seine Position durch Bestechung und Korruption erreicht. Und wenn er mit dem Untergrund zusammenarbeitet, dann ist es kein Wunder, dass die Schatten in seinem Spiel verwickelt sind." Er sieht mich jetzt ernst an, seine Miene ist angespannt. „Wir müssen äußerst vorsichtig sein, Agent Sanchez. Wenn wir wirklich richtigliegen, dann sind wir diejenigen, die in Gefahr sind.
Die Schatten und Green werden nicht zögern, uns aus dem Weg zu räumen, wenn wir ihnen zu nahekommen."
Ich atme tief ein, mein Herz schlägt schneller. „Heißt das, Sie unterstützen das FBI, also mich, bei diesen Ermittlungen?" frage ich, und es schleicht sich ein Hauch von Hoffnung in meine Stimme.
Seine Hilfe könnte entscheidend sein. Seine Kenntnisse über die Schatten und sein einzigartiges Können könnten genau das sein, was wir brauchen.
„Ich bin bereit, Ihnen zu helfen, Agent Sanchez", sagt er mit fester Stimme. In seinen Augen liegt eine Entschlossenheit, die keinen Zweifel lässt.
„Ich habe meine ganz persönlichen Gründe, warum ich die Schatten und alles, was sie repräsentieren verachte. Sie haben mir etwas genommen, das mir sehr viel bedeutet hat."

Er macht eine kurze Pause, sein Blick senkt sich für einen Moment, als würde ihn die Erinnerung schmerzen. Dann sieht er mich wieder direkt an. „Deshalb bin ich bereit, alles zu tun, was nötig ist, um Gerechtigkeit walten zu lassen. Auch wenn das bedeutet, mein eigenes Leben aufs Spiel zu setzen."

Sein Blick wird noch ernster, als er fortfährt: „Aber bevor ich mich auf diesen Weg begebe, muss ich eines wissen - werden Sie zu mir stehen, selbst wenn alles aus dem Ruder läuft? Ich darf mir keinen Verrat leisten. Nicht in dieser Sache."

Seine Worte hängen schwer in der Luft, und für einen Moment ist es vollkommen still.

„Ich bin bereit, mein Leben zu riskieren, um die Schatten ein für alle Mal zu stoppen", sagt er schließlich mit Nachdruck.

„Aber ich brauche die Gewissheit, dass ich nicht allein gegen sie kämpfe."

Ich sehe ihn fest an, lasse mich von seiner Entschlossenheit mitreißen. „Ich bin zu Ihnen gekommen, weil ich Ihre Hilfe brauchte, Derek. Doch jetzt klingt es fast so, als wären Sie es, der meine Unterstützung benötigt."

Ein leichtes Lächeln umspielt meine Lippen, aber meine Augen spiegeln Ernsthaftigkeit und Entschlossenheit wider.

„Ich bin an Ihrer Seite, Derek. Sie können auf mich zählen, solange Sie mir helfen, meinen Fall zu lösen. Ich vertraue Ihnen. Wir müssen gemeinsam gegen die Korruption und Gewalt vorgehen, die unser Land bedrohen. Die

Verantwortlichen dürfen nicht ungestraft davonkommen. Doch unsere oberste Priorität ist es, Mr. Jenkins zu retten. Wenn er noch lebt, dann müssen wir ihn finden und das so schnell wie möglich."
Ich atme tief durch. „Er könnte der Schlüssel sein, um Green und sein Netzwerk zu Fall zu bringen. Seine Informationen könnten alles verändern."

Wir fahren gemeinsam zurück zur alten Lagerhalle.
Als wir ankommen, fällt sein Blick auf mein Wagen. Ein anerkennendes Lächeln huscht über sein Gesicht. „Ein hübscher kleiner Flitzer, den Sie haben, Mia."
Ich folge seinem Blick und sehe das Auto an. Es ist ein Erbstück meines Vaters, das mir mehr bedeutet, als ich in Worte fassen könnte.
Ein Hauch von Wehmut liegt in meinem Lächeln.
„Ja", sage ich leise, „er ist wirklich etwas Besonderes." Ich lasse es dabei. Manche Erinnerungen gehören nur mir.
Bevor wir uns verabschieden, reicht mir Thompson seine Visitenkarte.
Ich bedanke mich und sage: „Ich bespreche alles mit meinem Vorgesetzten und melde mich, sobald ich grünes Licht habe."
Ein sanftes Lächeln spielt um seine Lippen. „Ich warte auf Ihren Anruf", erwidert er.
„Und seien Sie vorsichtig, Agent Sanchez. Die Schatten sind gefährlich. Wenn sie merken, dass Sie ihnen auf der Spur sind, werden sie nicht zögern, zuzuschlagen."
Er sieht mich noch ein letztes Mal an, ein stilles

Versprechen liegt in seinem Blick, dann dreht er sich um, steigt in sein Auto und fährt davon.
Ich beobachte, wie sein Wagen in der Ferne verschwindet, und spüre tief in mir, dass ich gerade eine bedeutende Allianz geschlossen habe.

Am Rande der Erschöpfung

Langsam kündigt sich der neue Tag an.
Die ersten Sonnenstrahlen brechen am Horizont hervor.
Ich mache mich auf den Weg zurück ins Büro.
Dort ist niemand mehr. Es ist ruhig. Ich schreibe Hale eine kurze Notiz, in der ich die wichtigsten Informationen zusammenfasse, und lege sie auf seinen Schreibtisch.
Dann verlasse ich das Gebäude und fahre nach Hause.
Ich bin erschöpft, aber entschlossener denn je.
Meine Gedanken wollen einfach nicht zur Ruhe kommen. Immer wieder spulen sie die letzten Stunden ab, als würde mein Verstand krampfhaft versuchen, jedes Detail zu analysieren, zu greifen, zu ordnen. Aber da ist nichts Ordentliches mehr. Nur Chaos. Nur diese flackernden Bilder, seine Stimme, seine Worte. Derek.
Ich stehe vor meinem Haus, der Schlüssel zittert leicht in meiner Hand. Ob vor Müdigkeit oder wegen der Gedanken, die mich nicht loslassen, weiß ich nicht. Endlich. Endlich allein. Ich brauche das jetzt. Stille, Rückzug, einen Moment, um einfach durchzuatmen.
Ich öffne die Tür, lasse sie hinter mir ins Schloss fallen. Der dumpfe Klang klingt fast wie ein Versprechen auf Frieden. Aber Frieden ist heute Nacht wohl nicht mehr drin.
Ich gehe wie automatisch ins Badezimmer, ziehe mich aus, lasse die Kleidung einfach auf den Boden gleiten.
Die Dusche. Ja.
Vielleicht kann das Wasser etwas von dem abwaschen, was sich in mir aufgestaut hat.

Hitze trifft auf Haut, Dampf steigt auf. Ich schließe die Augen. Für einen Moment ist da nur das Rauschen. Und dann wieder seine Stimme. „Ich bin bereit, mein Leben zu riskieren."
Warum klingt das so nach Abschied? So endgültig?
Ich spüre, wie meine Brust sich verkrampft. Wie konnte es nur so schnell so ernst werden?
Green, die Schatten, Jenkins…
Was, wenn wir zu spät kommen?
Was, wenn er längst…
Nein. Ich lasse diesen Gedanken nicht zu. Nicht jetzt. Nicht, solange noch Hoffnung da ist. Ich muss daran glauben, dass Jenkins lebt. Dass er uns helfen kann. Dass wir es gemeinsam schaffen.

Ich trockne mich ab, ziehe irgendwas Bequemes an. Fühle mich, als würde ich durch einen dichten Nebel laufen. Alles ist weich, verschwommen. Ich lasse mich aufs Sofa fallen, greife zur Fernbedienung. Der Fernseher springt an, irgendeine Doku läuft, aber ich höre kein Wort. Mein Blick ist auf den Bildschirm gerichtet, doch meine Gedanken sind längst woanders.

Immer noch bei dem Fall.
Bei Derek.
Bei diesem Gefühl, dass alles, was ich kannte, dabei ist, sich aufzulösen. Was, wenn ich falsch liege?
Was, wenn ich jemandem vertraue, der mich am Ende hintergeht? Er wirkte ehrlich. Nein. Er war ehrlich. Ich habe

es gespürt.
Der Raum verschwimmt langsam. Die Müdigkeit übermannt mich, schleicht sich an wie ein Dieb. Ich merke kaum, wie ich die Augen schließe, wie mein Kopf zur Seite sinkt.

Dann Träume. Flackernd, zerrissen, laut. Ich sehe Derek. Seine Augen. Sein Blick, der mehr sagt als Worte je könnten. Die Schatten. Nicht nur als Organisation, sondern als Präsenz. Dunkel, pulsierend, allgegenwärtig. Ich sehe Gewalt. Blut. Lügen.
Ich sehe mich selbst.
Wie ich durch Ashwood City renne. Fragend. Suchend. Getrieben. Und immer wieder dieses eine Gefühl: Du darfst nicht aufgeben. Nicht jetzt.
Ein Knall. Plötzlich. Laut. Real.
Ich reiße die Augen auf, setze mich ruckartig auf. Mein Herz hämmert gegen die Rippen. War da etwas? Nein… nur ein Traum. Oder? Ich blicke mich um. Alles ruhig. Nur mein Atem, der schwer durch die Stille zieht.

Ich habe kaum geschlafen.
Mein Körper fühlt sich schwer an, mein Geist überladen. Die Sonne steht hoch. Es muss schon Mittag sein. Ich strecke mich, meine Muskeln knacken, der Kopf dröhnt leicht. Ich komme wieder zu mir. Die Realität klopft an.
Thompson. Das Gespräch. Jenkins. Die Schatten. Green.
Ich muss zu Hale. Ich muss ihm alles erzählen. Über Dereks Angebot zur Unterstützung, über unsere

Vermutung, dass Jenkins noch lebt, über das Netzwerk, das sich wie ein dunkles Netz über diese Stadt gelegt hat. Ich will, dass er mir glaubt. Dass er uns glaubt.
Wir haben keine Zeit für Zweifel oder Bürokratie.

Ich ziehe mich an, schnell, entschlossen. Laufe zur Tür, greife nach dem Schlüsselbund. Mein Blick fällt für einen Moment auf den Spiegel im Flur.
Ich sehe müde aus.
Aber darunter ist etwas anderes. Etwas Neues. Entschlossenheit. Ich werde das durchziehen. Egal, was kommt.

Mein Herz beginnt schneller zu schlagen, je näher ich dem monumentalen, grauen Bau des FBI-Gebäudes komme. Der vertraute Anblick, der mir sonst Sicherheit gibt, fühlt sich heute anders an. Wie ein stiller Wächter vor einer Schwelle, die ich mit gemischten Gefühlen überschreite.
Mein Kopf ist ein einziges Durcheinander aus Gedanken, losen Fäden und brennenden Fragen. Doch irgendwo dazwischen, tief in meiner Brust, flammt auch Hoffnung auf. Hoffnung, dass wir Alexander Jenkins retten können. Noch bevor es zu spät ist. Noch bevor er vollständig in der Dunkelheit verschwindet, die sich um diesen Fall gelegt hat.

Ich trete ein, nicke flüchtig dem Sicherheitsdienst zu, der mich wie gewohnt durchwinkt, doch mein Blick bleibt starr, meine Schritte zielstrebig.
Es gibt keinen Raum mehr für Smalltalk, keine Zeit für Umwege. Die Luft im Gebäude wirkt schwer, als wäre sie

voll von unausgesprochenem Wissen, von Geheimnissen, die sich in den Wänden verbergen.
Als ich schließlich das Büro erreiche, klopfe ich nur kurz an, bevor ich eintrete.

Director Hale sitzt wie so oft an seinem Schreibtisch, über einen Bericht gebeugt. Als er aufblickt, begegnen mir seine kühlen, wachsamen Augen.
Doch da ist auch ein Hauch von Neugier in seinem Blick.
Ich lasse mich auf dem Stuhl vor ihm nieder, meine Haltung aufrecht, aber innerlich spüre ich das Gewicht dessen, was ich gleich sagen muss.
Es fällt mir nicht leicht, die richtigen Worte zu finden. Zu viel ist in der vergangenen Nacht geschehen, zu viel hat sich verschoben. Die Welt fühlt sich seither ein Stück düsterer an.

Ich beginne zu sprechen, langsam zunächst, tastend. Dann fließt es aus mir heraus, jedes Detail der Begegnung mit Thompson, seine Warnungen, seine Entschlossenheit, das Bild, das er mir von den sogenannten „Schatten" gezeichnet hat.
Eine Organisation, diffus und doch gefährlich real, mit Wurzeln, die tiefer reichen als ich es je vermutet hätte.
„Er hat mir Dinge erzählt, die wir bisher nicht einmal erahnt haben", sage ich, meine Stimme fest, aber mit einem Hauch von Unruhe. „Die Schatten.
Sie sind nicht nur eine Randerscheinung. Sie sind Teil eines größeren Spiels und Green spielt mit."

Ich erzähle Hale alles, was ich in Erfahrung bringen konnte. Jede noch so vage Spur, jede Verbindung, jeder Hinweis, den Thompson angedeutet hat.
Ich schließe die Augen einen Moment, als ich fortfahre: „Aber ich kann immer noch nicht genau sagen, in was für Machenschaften Green verstrickt ist und wie er mit den ‚Schatten' zusammenhängt. Es ist ein Rätsel, das einfach keine klaren Antworten liefert.
Und dennoch, Derek Thompson hat uns seine Hilfe angeboten. Er sagte, dass das FBI bei den Ermittlungen unterstützen würde, wenn wir ihn brauchen."

Es fühlt sich an, als ob ich an einer Wand aus Ungewissheit stoße, aber irgendwie gibt mir Thompsons Angebot ein kleines Stück Hoffnung, denke ich. „Vielleicht können wir durch seine Unterstützung mehr herausfinden, wenn wir es geschickt anstellen."

Ich schaue Hale an, um seine Reaktion abzuwarten. Ein Teil von mir hofft, dass er zustimmt, dass wir das Angebot annehmen, aber ich weiß, dass er seine eigenen Prinzipien hat, wenn es um solche Dinge geht.
Er bleibt ruhig, nickt langsam, doch es ist nicht die Zustimmung, die ich erwartet habe.

„Die Zusammenarbeit mit dem FBI?" sagt er in einem Ton, der weder ablehnend noch zustimmend wirkt.
„Das klingt... zu riskant. Wir können uns nicht einfach auf jemanden verlassen, dessen Interessen nicht mit unseren

übereinstimmen. Ich werde die Situation beobachten, aber ich will nicht, dass wir uns zu schnell auf externe Hilfe stützen. Halte mich bitte über alle weiteren Entwicklungen auf dem Laufenden. Es gibt noch zu viele Unklarheiten, und ich möchte, dass wir genau wissen, wem wir vertrauen können und wem nicht."

Seine Worte hallen nach, und ich kann nicht anders, als mich ein wenig enttäuscht zu fühlen.
Aber ich weiß, dass Hale nicht leichtfertig Entscheidungen trifft, und dass seine Skepsis oft der Grund ist, warum er immer einen Schritt voraus ist. Vielleicht hat er recht.
Aber ein Teil von mir fragt sich, ob wir nicht bald an einen Punkt kommen werden, an dem wir ohne Hilfe von außen nicht mehr weiterkommen.
Ich nicke schließlich und verspreche ihm, ihn über alles auf dem Laufenden zu halten.
Es bleibt mir nichts anderes übrig, als mich darauf zu konzentrieren, was vor uns liegt, mit oder ohne Unterstützung von Derek.

Nach dem Gespräch mit Hale gehe ich zurück in mein Büro. Die Atmosphäre fühlt sich plötzlich viel schwerer an, als hätte das ganze Gespräch eine Last auf meinen Schultern hinterlassen.
Ich schließe die Tür hinter mir und gehe zu meinem Schreibtisch. Die Akten über den Fall Jenkins liegen vor mir, ein unschönes Durcheinander aus Notizen, Berichten und Beobachtungen.

Ich atme tief ein, bevor ich anfange, die Seiten erneut durchzugehen, in der Hoffnung, etwas übersehen zu haben. Doch auch nach stundenlangem Durchsehen, erneuten Durcharbeiten der alten Hinweise und dem erneuten Abgleichen der Fakten bleibt das Gefühl der Leere.
Keine neuen Informationen. Keine Erkenntnisse, die uns näher an Jenkins‘ Verbleib bringen.
Alles scheint so festgefahren wie zuvor.
Die Kollegen arbeiten weiterhin fieberhaft an der Suche nach ihm, aber auch sie kommen keinen Schritt weiter. Sie wühlen sich durch die Videoaufnahmen der Stadt, versuchen, jede noch so kleine Bewegung auf den Straßen zu entschlüsseln, doch bislang ohne Erfolg.
Keine Spur von Jenkins, kein Hinweis darauf, was mit ihm geschehen sein könnte und auch kein Hinweis darauf, mit wem er sich getroffen haben könnte.
Es fühlt sich an, als ob wir gegen eine unsichtbare Mauer ankämpfen.

Der Abend zieht sich dahin, und als die Zeit verstreicht, werden die Büros zunehmend leerer. Ich blicke aus dem Fenster und sehe, wie die Lichter der Stadt langsam verblassen.
Ein leises Gefühl der Resignation breitet sich in mir aus.

Es scheint, als ob wir nicht weiterkommen, als ob jeder Versuch, das Rätsel zu lösen, uns nur noch tiefer in den Sumpf der Ungewissheit führt.
Schließlich stelle ich meine Akten beiseite und stehe auf.

Es ist spät, die Kollegen sind nach Hause gegangen.
Mit einem Seufzen greife ich nach meiner Tasche und verlasse das Büro.

Der Weg nach Hause fühlt sich endlos an, obwohl es nur wenige Straßen entfernt ist.
In meinem Kopf kreisen weiterhin die Gedanken an Alexander Jenkins und an das, was wir bisher erreicht haben, oder besser gesagt, nicht erreicht haben.
Aber eines bleibt mir klar: Wenn wir jemals herausfinden wollen, was wirklich mit ihm geschehen ist, dann müssen wir mehr tun.
Ich muss Hale überzeugen, dass eine Zusammenarbeit mit Thompson vielleicht unsere einzige Chance ist, die Wahrheit zu erfahren und Jenkins noch lebend zu finden.
Er ist der Schlüssel, der uns möglicherweise die Türen öffnet, die bislang verschlossen bleiben.
Und doch weiß ich, dass es nicht einfach wird, Hale davon zu überzeugen.
Dennoch kann ich nicht anders, als zu hoffen, dass ich einen Weg finde, ihm die Dringlichkeit dieser Zusammenarbeit klarzumachen.
Ich muss einen Plan schmieden, um ihm zu zeigen, dass wir ohne diese Hilfe möglicherweise auf der Stelle treten oder noch schlimmer, den Fall endgültig verlieren.

Die Stimme im Rauschen

Zuhause angekommen, betrete ich mein leeres Haus und lasse die Tür hinter mir ins Schloss fallen.
Ein kurzer Blick in die Küche, doch der Gedanke an Essen ist mir fremd, obwohl mein Magen knurrt. Ich mache mir etwas, kleines irgendwie muss ich den Moment überstehen. Ich schalte den Fernseher an in der stillen Hoffnung auf Ablenkung, aber die Bilder verschwimmen vor meinen Augen. Die Nachrichten, die ich auf dem Bildschirm sehe, dringen nicht zu mir durch. Gedanken an Jenkins, die Schatten und die ungelösten Rätsel lassen mir keinen Raum für andere Gedanken. Ich fühle mich, als würde ich gegen eine Wand rennen, die ich nicht durchbrechen kann.
Ich schalte den Fernseher wieder aus und sitze, einfach ins Leere blickend, da.

Plötzlich, mitten in der Stille, klingelt mein Handy.
Der Klang durchbricht den monotonen Raum und lässt mich aufschrecken. Eine unbekannte Nummer auf dem Display. Zuerst zögere ich, doch dann drücke ich auf den grünen Knopf, ohne genau zu wissen, warum.
Vielleicht, weil ein Teil von mir ahnt, dass es etwas mit dem Fall zu tun haben könnte, vielleicht aber auch, weil ich hoffe, dass es Derek ist.
„Hallo?“, sage ich, der Klang meiner Stimme klingt fast fremd, wie aus einer anderen Welt.
Am anderen Ende der Leitung herrscht eine unheimliche Stille, dann spricht eine Stimme.

Sie ist verzerrt, tief und schwer, und sie klingt, als ob sie durch ein ständiges, statisches Rauschen hindurch kommt.
„Sie sollten sich raushalten, Agent Sanchez“, sagt die Stimme, und der kalte Schauer, der mir über den Rücken läuft, ist nicht zu übersehen. „Es ist zu groß, zu komplex. Sie werden es nicht aufhalten können. Es ist ein Zug, der nicht mehr zu stoppen ist.“
Ein bitterer Geschmack breitet sich in meinem Mund aus, und ich halte einen Moment lang den Atem an.
Die Stimme klingt nicht nur bedrohlich, sondern auch irgendwie resigniert.
Es ist, als wüsste diese Person schon, dass der Kampf verloren ist. Dass wir nur noch Zuschauer sind in einem Spiel, das längst entschieden wurde.
„Was meinen Sie damit?“, frage ich, meine Stimme versucht, die Kontrolle zurückzuerlangen, doch sie zittert leicht.
Ich will mehr wissen. Ich will verstehen, was hier wirklich auf dem Spiel steht.
Es dauert eine Ewigkeit, bis die Antwort kommt. Die Pause fühlt sich unheimlich an, als ob die Person sich überlegt, wie viel sie noch preisgeben kann, bevor alles endgültig zusammenbricht.
„Sie werden es bald herausfinden, Agent Sanchez. Sie werden es bald herausfinden.“
Die Verbindung wird abrupt unterbrochen, und ich bleibe allein zurück, mit nichts als einer schmerzhaften Leere in meinem Inneren.

Ich starre auf das Telefon, das in meiner Hand liegt. Der Puls pocht in meinen Schläfen, und die Worte der Stimme hallen in meinem Kopf nach. Was sollte das bedeuten?
Wer war das, und warum hatte diese Person das Gefühl, mir gerade diese Warnung auszusprechen?
Ich sammle mich kurz und wird mir klar, dass ich keine Zeit verlieren darf.

Ich greife sofort zum Telefon und informiere das Büro. Die Informationen, die ich gerade erhalten habe, müssen weitergegeben werden. Sie müssen wissen, was passiert ist. Vielleicht ist das der entscheidende Hinweis, auf den wir gewartet haben.
Doch als ich den Vorfall den Technikern im Büro melde und darum bitte, den Anruf zurückzuverfolgen, kommt die enttäuschende Nachricht: Es scheint, als sei es nicht so einfach.
Der Anrufer hat scheinbar jedes Mittel genutzt, um uns im Dunkeln zu lassen. „Die Verbindung ist so stark verschleiert, dass wir scheinbar nichts gegen die Anonymität des Anrufs unternehmen können“, sagt der IT-Analyst.
Ich lege den Hörer auf und sitze einen Moment lang nur da, die Stille um mich herum fast erdrückend.
Es fühlt sich an, als ob wir in einem Spiel sind, dessen Regeln wir nicht einmal kennen. Und trotzdem habe ich das Gefühl, dass wir nun an einem Wendepunkt stehen.
Jemand will nicht, dass wir weitermachen. Aber warum? Und woher hatte der Anrufer meine Nummer. „Er kannte meinen Namen!“, wird mir bewusst.

Ich schaue auf die Uhr. Es ist schon spät, und ich weiß, dass meine Kollegen ihr Bestes tun, mir jetzt aber nicht weiterhelfen können.
Aber heute Nacht fühle ich mich allein in dieser Sache und die Schwere der Situation lastet auf mir. Ich spüre, dass ich an einem Punkt angekommen bin, an dem ich keine Zeit mehr verlieren darf.

Also nehme ich mein Handy zur Hand und überlege einen Moment.
Die Antwort liegt klar vor mir.
Es gibt nur eine Person, von der ich glaube, dass sie mir in dieser Situation helfen kann, Derek Thompson.

Mit zitternden Händen tippe ich die Nachricht:
„Derek, ich weiß, dass es spät ist, aber ich brauche dringend Ihre Hilfe. Heute Abend habe ich einen anonymen Anruf erhalten. Die Stimme war verzerrt, aber die Botschaft war eindeutig. Ich soll mich raushalten. Sie haben mir gesagt, dass es zu groß und zu komplex ist, dass das FBI es nicht aufhalten kann, dass es ein Zug ist, der nicht mehr zu stoppen ist. Mia Sanchez“
Ich schicke die Nachricht ab und lehne mich dann erschöpft in meinem Stuhl zurück.

Ich spüre, wie die Unsicherheit mich erdrückt. Was, wenn Thompson mir nicht antwortet?
Was, wenn ich mich in eine noch tiefere Falle begebe, ohne es zu wissen?

Die Stille in der Wohnung wird zunehmend unerträglicher, und je mehr ich über den Anruf nachdenke, desto mehr wird mir klar, wie ernst es wirklich ist.
Der Anrufer hat mir nicht nur eine Warnung ausgesprochen, sondern mir auch klargemacht, dass es Dinge gibt, die ich nicht begreife, Dinge, die zu groß sind, um sie zu begreifen.
Und dann bleibt mir nur noch ein einziger Gedanke: Ich brauche jemanden, der mich durch diese Dunkelheit führen kann.

Kaum hatte ich die Nachricht abgeschickt, klingelt mein Handy.

Der Name auf dem Display: Derek Thompson.
Ich greife sofort zum Hörer und drücke ihn ans Ohr.
Ein Teil von mir hatte gehofft, dass er sich schnell melden würde, aber trotzdem schlägt mein Herz jetzt schneller.
„Sanchez“, sagt Thompson, seine Stimme scharf, aber ruhig. „Haben Sie irgendetwas hören können, ein Hintergrundgeräusch, welches uns einen Anhaltspunkt geben könnte oder ähnliches?“
Ich verneine sofort, obwohl die Gedanken immer noch wie ein Sturm in meinem Kopf kreisen. „Nichts Konkretes. Die Stimme war verzerrt, ich konnte nichts Bestimmtes hören. Aber,“ sage ich etwas leiser, „sie hat mich bei meinem Namen genannt.“

Es herrscht für einen Moment absolute Stille am anderen Ende der Leitung, als würde er die Bedeutung meiner Worte in sich aufnehmen.
Dann, nach einer langen Pause, atmet Derek tief durch. „Das ist nicht gut“, sagt er schließlich, seine Stimme jetzt deutlich ernster, fast besorgt. „Die Tatsache, dass sie Ihren Namen kennen, bedeutet, dass sie wissen, wer Sie sind. Das ist gefährlich, Mia. Es bedeutet, dass Sie nicht mehr nur ein Beobachter in diesem Spiel sind. Sie sind Teil davon. Und sie wissen, dass Sie es sind.“
Ich spüre, wie sich eine kalte Gänsehaut auf meinem Rücken ausbreitet.
„Was soll ich jetzt tun?“, frage ich, obwohl ich es schon ahne. Thompson antwortet ohne zu zögern, seine Stimme fest und bestimmend.
„Ich will, dass Sie einige Sachen packen und zu dieser Adresse fahren“, sagt er, bevor er mir eine Adresse nennt, die mir völlig unbekannt ist. „Sie werden dort sicher sein. Alles, was Sie wissen müssen, ist, dass Sie jetzt in Bewegung bleiben müssen. Diese Leute wissen, dass Sie ihnen auf der Spur sind. Wir müssen sicherstellen, dass Sie geschützt sind, während wir herausfinden, was wirklich vor sich geht.“
Ich nicke, auch wenn er es nicht sehen kann. Es fühlt sich an, als würde sich der Boden unter mir immer schneller bewegen, als wäre ich in einen Strudel geraten, aus dem es kein Entkommen gibt. Aber der Gedanke, dass ich in einem sicheren Haus sein werde, zumindest für eine Weile, lässt mich einen Moment lang aufatmen.

„Ich werde sofort losfahren“, sage ich, obwohl mein Kopf noch immer mit all den Fragen voll ist.
Was ist der wahre Plan hinter allem? Warum wurde ich in diese Situation hineingezogen? Und vor allem, wie weit reichen die Fäden, die mich jetzt an diesem Punkt halten?
„Wir sehen uns dann dort“, sagt Thompson und legt auf.

Ich blicke auf die Adresse, die ich mir notiert habe. Mein Herz schlägt schnell, als ich mich in Bewegung setze. Keine Zeit zu verlieren. Ich packe das Nötigste, genug für die nächsten Tage. Während ich das Haus verlasse, die Sachen in meinem Mustang verstaue und einsteige, kann ich das Gefühl nicht abschütteln, dass ich tief in etwas hineingeraten bin, das viel größer ist, als ich je erwartet hätte. Aber jetzt gibt es keinen Weg zurück.
Ich muss herausfinden, was wirklich hinter diesem ganzen Dschungel aus Geheimnissen steckt.
Und vielleicht, nur vielleicht, gibt mir Derek Thompson die Antworten, die ich brauche.

Wo der Sturm beginnt

Die Fahrt nach Reaven´s Peak zieht sich länger, als ich erwartet habe. Je näher ich der Stadt komme, desto dichter werden die Gedanken in meinem Kopf.
Ich kann nicht aufhören, über Thompsons Wortenachzudenken. Über Jenkins. Über Green. Über die Schatten.
Und dieser Anruf. Mein Magen fühlt sich an wie ein zusammengezogener Knoten, und obwohl die Sonne bereits tief steht, spüre ich keine Müdigkeit. Nur Anspannung.

Die Adresse, die ich von Derek erhalten habe, führt mich an den Rand der Stadt. Dorthin, wo die Straßen breiter, die Gebäude seltener und die Stille irgendwie bedrohlicher wird. Schließlich erreiche ich einen heruntergekommenen Gebäudekomplex. Eine Autowerkstatt. Das Schild ist verblasst, der Lack blättert ab, und die rostigen Hallentore erzählen von Jahren, in denen hier mehr geschraubt als gesprochen wurde. Vor der Halle stehen einige Wagen, manche notdürftig abgedeckt, andere offenbar seit Monaten nicht mehr bewegt. Ich blicke mich um, mein Blick wandert über die Umgebung. Es ist niemand zu sehen. Es wirkt still, fast zu still.
Ich atme tief durch und steige aus. Mein Blick haftet für einen Moment auf dem Himmel. Er ist wolkenverhangen, grau, wie in Erwartung eines Sturms.

Ich klopfe an das große Metalltor.

Kurz darauf öffnet sich eine schmale Tür seitlich der Halle, und Derek steht vor mir.
Er trägt ein ausgewaschenes Muscleshirt, das von Ölflecken übersät ist. Schweiß glänzt auf seiner Stirn, eine kleine Schramme ziert seinen Oberarm. Doch sein Blick ist wachsam. Als er mich sieht, huscht ein kleines, müdes Lächeln über sein Gesicht. Eines, dass ich als vorsichtiges Willkommen deute. Kein herzliches, aber eines, das sagt: Du bist angekommen. Und du bist hier sicher.

„Mia“, sagt er nur leise und tritt zur Seite, um mich hereinzulassen.
Ich betrete die Werkstatt, die zugleich auch wie ein Lebensraum wirkt. Zwischen Werkzeugkästen, Ersatzteilen und halb zerlegten Motoren entdecke ich eine provisorische Sitzecke, einen alten Kühlschrank, sogar eine kleine Kochplatte. Es riecht nach Öl, Metall und einem Hauch Kaffee. Nicht einladend im klassischen Sinne, aber echt. Erdverbunden.
Derek.
„Sie sind in Gefahr“, sagt er ruhig, während er die Tür hinter mir schließt.
Sein Tonfall ist ernst. „Aber hier kann erst mal niemand Sie finden. Ich habe ein paar Vorkehrungen getroffen.“
Er führt mich durch die Halle, vorbei an einem Regal voller verstaubter Werkstatthandbücher, und deutet schließlich auf eine unscheinbare Tür, die ich zuvor kaum bemerkt hatte.

„Ein Gästezimmer“, erklärt er knapp. „Spartanisch, aber sicher.“
Ich nicke dankbar, auch wenn ich mich im Inneren frage, wie sicher man überhaupt irgendwo sein kann, wenn die Schatten einmal einen Namen kennen. Meinen Namen.
Drinnen ist das Zimmer klein, fast karg. Ein schmales Bett, ein alter Kleiderschrank, ein Fenster mit Blick auf eine verlassene Seitenstraße.
Aber es ist trocken, ruhig, abgeschirmt.
Und das allein zählt in diesem Moment.
„Sie können so lange bleiben, wie Sie wollen“, sagt Derek, während er sich an den Türrahmen lehnt.

„Ich helfe Ihnen, Mia. Wir finden heraus, was hier vor sich geht. Und wir bringen Sie wieder in Sicherheit."
Ich sehe ihn an. Diesen Mann, der mehr weiß, als er bisher zugegeben hat. In seinen Augen liegt etwas, das ich nicht ganz deuten kann. Sorge? Reue? Vielleicht beides.
„Aber ich muss ehrlich zu Ihnen sein", fährt er fort. „Ich glaube, Sie stecken tiefer in dieser Sache, als Sie sich eingestehen. Die Tatsache, dass sie Ihren Namen kennen heißt, dass sie Sie als Bedrohung sehen. Und sie werden nicht zögern, Sie auszuschalten, wenn sie Sie finden."
Die Worte hallen in mir nach wie ein Echo. Ausschalten. Diese Leute spielen keine Spiele. Sie ziehen keine Grenzen.
Derek hält inne. Sein Blick ist fest, seine Stimme ruhig: „Ich werde tun, was ich kann, um Sie zu schützen."
Ich nicke, aber da ist ein Knoten in meiner Brust.
Etwas lässt mich nicht los.
Ich sehe mich kurz im Raum um, als würde ich darin eine Wahrheit finden, die er mir noch nicht erzählt hat. Dann drehe ich mich wieder zu ihm und frage leise: „Was haben Sie mir bisher verschwiegen, Derek?"
Er schaut mich an. Lange.
Und plötzlich scheint er nicht mehr nur der raue Mechaniker zu sein, der mich in seiner Werkstatt versteckt, sondern der bestens ausgebildete Elitesoldat, der er einmal war. Da ist etwas Tieferes in seinem Blick. Etwas, das er lange mit sich herumträgt.
„Die Wahrheit über Gouverneur Green", sagt er schließlich. Seine Stimme klingt, als hätte sie Gewicht. „Er ist

nicht der, der er vorgibt zu sein. Seine Hände sind tief in der Korruption vergraben. Verbindungen zu den Schatten... und zur Mafia.“

Ich blinzle. Ein Teil von mir hat es gewusst. Oder zumindest geahnt. „Und Jenkins?“ frage ich leise.

„Wie ich schon im Wagen sagte, er hat etwas herausgefunden“, sagt Derek. „Etwas, das ihn gefährlich gemacht hat. Für Green. Für das ganze Netzwerk. Jenkins hat verstanden, dass er Teil eines viel größeren Spiels ist. Und er war drauf und dran, es öffentlich zu machen.“

Mein Herz zieht sich zusammen. All das. Es ergibt plötzlich Sinn. Und doch wünschte ich, es wäre nicht wahr.

„Also hat mich mein Gefühl nicht getäuscht“, murmele ich, mehr zu mir selbst als zu ihm.

Derek nickt langsam. „Nein, Mia. Ihr Gefühl hat Sie nicht getäuscht. Green ist ein korrupter Mann. Er missbraucht seine Macht und Jenkins war eine Bedrohung für ihn. Genau wie Sie jetzt.“

Ich atme tief durch. Und obwohl ich mich noch immer unsicher fühle, ist da auch etwas anderes in mir. Eine Entschlossenheit, die wächst.

Er schweigt einen Moment, und ich sehe, wie seine Gesichtszüge sich verhärten. Als müsse er sich überwinden, das auszusprechen, was gleich kommt.

Seine Stimme ist leiser, fast beschwörend, als er schließlich weiterspricht: „Aber das ist noch nicht alles, Mia. Es gibt noch etwas, das Sie wissen müssen. Etwas, das Ihnen helfen kann, die Wahrheit ans Licht zu bringen... und Jenkins zu finden.“

Sein Blick ist intensiv, fast durchdringend. Ich spüre, wie sich meine Schultern verspannen, während meine Gedanken bereits zu rasen beginnen.
Etwas in seiner Stimme warnt mich. Das, was er mir gleich sagen wird, wird alles verändern.
„Aber ich muss Sie warnen, Agent Sanchez“, sagt er, mit einem Ausdruck, der irgendwo zwischen Mitleid und Härte schwankt. „Es wird nicht leicht sein. Das, was ich Ihnen gleich erzähle, wird Ihr Vertrauen erschüttern. Es wird Ihre Sicht auf die Welt verändern. Und auf Menschen, denen Sie vielleicht noch vertrauen.“
Ich spüre, wie mir plötzlich kalt wird, obwohl der Raum nicht besonders kühl ist. Mein Herz schlägt schneller. Ich nicke langsam. Meine Stimme ist kaum mehr als ein Flüstern.
„Erzählen Sie es mir, Derek. Alles.“

Er atmet tief ein, als müsste er erst in sich selbst nach Halt suchen, bevor er das Gewicht seiner Worte auf mich überträgt. „Es geht um die Schatten und deren Zusammenarbeit mit Green.“ Er erzählt ausführlich von den Machenschaften dieser Untergrundorganisation und wie er sie damals zu Fall bringen wollte.
Ich höre ihm zu, wie gebannt, wie gelähmt. Die Worte hallen in meinem Kopf wider, jedes einzelne wie ein Tropfen in einem dunklen See, der Wellen aus Zweifel, Angst und Wut in mir auslöst.
„Gouverneur Green ist einer von ihnen“, fährt er fort, seine Stimme nun ruhiger, aber keineswegs weniger ernst. „Er

hat seine politische Macht genutzt, um ihre Interessen zu fördern. Alles, was er getan hat, jede Entscheidung, jedes Projekt, es war alles Teil eines größeren Plans. Und Jenkins… Jenkins hat begonnen, dieses Netz zu durchdringen."

Derek hält inne. Ich sehe es in seinen Augen: da kommt noch etwas. Etwas, das ihn zögern lässt. Ich halte den Atem an.

„Doch das ist noch nicht alles, Mia", sagt er schließlich.

„Es gibt jemanden... jemanden, der näher an Ihnen dran ist, als Ihnen lieb sein wird. Jemand, dem Sie vertrauen."

Mir stockt der Atem.

Er zögert, dann spricht er den Namen aus, der mir fast den Boden unter den Füßen wegreißt: „Hale."

Mein Herz zieht sich zusammen. Ich starre ihn an, sprachlos. Mein Kopf wehrt sich gegen das, was ich gerade gehört habe. Es ist, als würde die Realität plötzlich bröckeln, direkt vor meinen Augen.

„Hale?", flüstere ich, mehr zu mir selbst als zu ihm. „Das kann nicht sein! Ich kenne ihn seit Jahren. Er war es, der mich zum FBI gebracht hat. Er war mein Mentor.

Er hat mir Chancen gegeben, an mich geglaubt, als andere mich belächelt haben. Er ist... war... einer der wenigen Menschen, denen ich wirklich vertraut habe."

Meine Stimme bricht, und ich spüre, wie sich eine heiße Welle aus Wut, Enttäuschung und Fassungslosigkeit in mir breitmacht.

Ich sehe Derek an, fast flehend. „Wollen Sie mir wirklich sagen, dass Hale korrupt ist? Dass er für die

Schatten arbeitet?“
Derek nickt, langsam und ernst. „Ja, Mia. Hale ist Teil dieses Systems. Er hat Jenkins' Ermittlungen blockiert, hat Ihnen Lügen erzählt, um Sie von der Wahrheit abzulenken. Er wusste, dass Jenkins kurz davor war, einen Informanten zu enttarnen, jemanden, der zu viel wusste. Und Hale musste ihn aufhalten.
Genau wie er jetzt Sie aufhalten wird, wenn Sie ihm zu nahekommen.“
Ich kann kaum atmen. In meinem Kopf überschlagen sich die Gedanken, Fragen, Erinnerungen. Jeder freundliche Blick, jedes Gespräch mit Hale. Alles bekommt plötzlich einen anderen Beigeschmack. War es alles nur Fassade? War ich die ganze Zeit über eine Spielfigur?
Derek legt mir eine Hand auf die Schulter. „Sie sind in großer Gefahr, Mia. Hale wird alles tun, um zu verhindern, dass Sie die Wahrheit ans Licht bringen. Aber Sie sind nicht allein. Ich werde Ihnen helfen.“
Ich nicke mechanisch, während ich versuche, mein inneres Gleichgewicht wiederzufinden.
Die Welt um mich hat sich verschoben. Aber eine neue Klarheit macht sich in mir breit. Eine bittere, unbequeme Klarheit. Ich muss herausfinden, was wirklich mit Jenkins geschehen ist. Ich muss die Schatten zu Fall bringen. Und ich muss mich der Wahrheit stellen, egal wie weh sie tut.

Wir reden bis tief in die Nacht. Die Stunden vergehen, ohne dass ich es bemerke. Dereks Worte ziehen mich in ihren Bann. Seine Stimme ist ruhig, fast leise, doch jedes seiner

Worte hallt in mir nach, als wären es Hammerschläge.
Er erzählt von der tief verwurzelten Korruption im FBI, von verdeckten Machenschaften, die sich bis in die höchsten Ebenen des Parlaments ziehen. Namen, die mir vertraut sind, fallen. Von Menschen, denen ich vertraut habe. Menschen, die mir einst wie Vorbilder erschienen.
Und je mehr er erzählt, desto schwerer fühlt sich mein Herz an.
Irgendwann verlässt mich die Kraft, auch wenn mein Verstand weiter auf Hochtouren arbeitet. Ich bin erschöpft. Nicht nur körperlich, sondern auch emotional und seelisch. Derek sieht es mir an, legt mir eine Hand auf die Schulter und deutet wortlos in Richtung des kleinen Gästezimmers. Ich nicke dankbar, zu müde, um zu sprechen. Als ich mich in das schlichte, aber saubere Bett lege, umfängt mich die Stille wie eine zweite Decke. Doch sie ist trügerisch.
Ich starre an die Decke, unfähig, die Augen zu schließen.

Die Dunkelheit im Raum ist nichts gegen die Dunkelheit, die sich in meinen Gedanken ausbreitet.
Was, wenn alles, woran ich geglaubt habe, nur eine Fassade war? Was, wenn meine Arbeit beim FBI, mein Glaube an Recht und Ordnung, all das, auf einem Fundament aus Lügen gebaut wurde?
Ich denke an Hale. An seine ruhige, väterliche Art. An die Gespräche in seinem Büro, die kleinen Aufmunterungen nach einem harten Einsatz. An das Vertrauen, das ich ihm blind geschenkt habe.
Und jetzt? Jetzt steht sein Name plötzlich auf der anderen

Seite. Als Teil jener Schatten, gegen die ich kämpfe.
War ich all die Jahre nur ein Spielball? Eine naive Idealistin, die für eine Institution gekämpft hat, die längst von innen verfault ist?
Ich wende mich zur Seite, ziehe die Decke enger um mich. Alles in mir schreit nach Antworten, aber die Fragen türmen sich schneller, als ich denken kann.
Und doch... da ist auch etwas anderes. Ein Funken. Ein leises Gefühl, das sich durch die Dunkelheit kämpft.
Ich denke an Derek. An seinen Blick, als er mir sagte, dass ich hier sicher bin. An seine Entschlossenheit, seinen Mut, trotz allem weiterzumachen. Er hätte weglaufen können. Er hätte schweigen können.
Aber er steht hier, an meiner Seite. Ich bin nicht allein. Vielleicht ist genau das die Erkenntnis, die mich jetzt noch aufrecht hält. Vielleicht ist es das, was mir die Kraft gibt, weiterzumachen. Für Jenkins. Für die Wahrheit.
Für all jene, die glauben, keine Stimme mehr zu haben.

Ich schließe die Augen. Schlaf will sich nicht einstellen, aber ich zwinge mich zur Ruhe.
Morgen wird ein neuer Tag sein. Und ich weiß, ich werde kämpfen. Nicht, weil ich muss.
Sondern weil ich es will. Weil es das Richtige ist.

Zwischen Dunkelheit und Entschluss

Nach einer viel zu kurzen Nacht, in der ich mich unzählige Male von einer Seite auf die andere gewälzt habe, weckt mich schließlich nicht der Klang eines Weckers, sondern ein anderer, fast tröstlicher Sinneseindruck: der warme, vertraute Duft von frisch aufgebrühtem Kaffee, der sich langsam durch die Tür in mein provisorisches Gästezimmer schleicht.
Meine Augen brennen vor Müdigkeit, mein Kopf ist schwer, wie in Watte gepackt.
Schlaf habe ich kaum gefunden. Zu laut waren die Stimmen in meinem Inneren, zu aufgewühlt meine Gedanken. Ich ziehe mir ein Hemd über, streiche mir fahrig die Haare aus dem Gesicht und trete barfuß in die kleine, mit Werkzeug und Autozubehör überfüllte Küche.

Derek steht bereits am Tresen, ein Lächeln auf den Lippen, das zugleich müde und aufrichtig wirkt. Er trägt wieder sein ölverschmiertes Muscleshirt, doch heute wirkt er weniger wie ein Mechaniker und mehr wie jemand, der zu viel weiß. Wie ein Mann, der sich entschieden hat, der Wahrheit nicht länger auszuweichen.
„Guten Morgen, Agent Sanchez“, sagt er mit sanfter Stimme, während er mir eine dampfende Tasse Kaffee entgegenstreckt. „Ich dachte, Sie könnten einen gebrauchen.“
Ich nehme die Tasse entgegen und halte sie kurz in den Händen, lasse die Wärme durch meine Finger strömen, als würde sie meine innere Kälte vertreiben können.

Ich versuche zu lächeln, doch es fällt mir schwer.
„Bitte nenn mich Mia", antworte ich leise, mit einem Anflug von Ehrlichkeit, den ich lange in mir vergraben hatte. ′Agent Sanchez′ fühlt sich auf einmal fremd an. Zu distanziert. Zu sehr Teil einer Welt, deren Grundfesten gerade erschüttert wurden.
Derek nickt verständnisvoll. „Natürlich, Mia. Entschuldige. Ich weiß, dass alles ist nicht einfach."
Er setzt sich neben mich an den wackeligen Holztisch, und für einen Moment schweigen wir beide, nur begleitet vom gelegentlichen Knacken der alten Kaffeemaschine und dem leisen Summen der Kühlung draußen in der Werkstatt.
Dann spricht er weiter, ruhig, aber mit einem entschlossenen Ton: „Wir müssen überlegen, was du als Nächstes tun willst. Zurück zum FBI kannst du nicht. Nicht, solange Hale noch seine Finger im Spiel hat. Das wäre zu gefährlich."
Sein Blick ist ernst, durchdringend. Er sagt das nicht leichtfertig. Nicht mit Angst, sondern mit Klarheit. Ich nicke kaum merklich, versuche einen Schluck Kaffee zu nehmen, aber er schmeckt bitter auf meiner Zunge, wie eine Erinnerung an alles, was ich glaubte zu wissen.
Mein Kopf fühlt sich an, als würde er unter der Last meiner Gedanken zerspringen. Ich bin verletzt. Verwirrt. Und ja, ich bin wütend.
Wenn das, was Derek mir erzählt hat, tatsächlich wahr ist, dann… dann war mein ganzes Leben eine Illusion.
Alles, wofür ich gearbeitet, woran ich geglaubt habe nur eine Fassade.

Mein Mentor, mein Vorbild... Hale. Der Mann, der mich gefördert, der mich auf diesem Weg überhaupt erst ermutigt hatte. Soll er wirklich Teil dieser Dunkelheit sein?
„Es ist viel“, murmle ich, mehr zu mir selbst als zu ihm. „Zu viel.“
Derek sieht mich an, sein Blick ist weich, aber bestimmt. „Ich weiß“, sagt er. „Aber wir dürfen nicht stillhalten. Wir können nicht darauf warten, dass sie uns finden. Wir müssen ihnen zuvorkommen und wir müssen die Wahrheit ans Licht bringen, bevor sie uns zum Schweigen bringen können.“
Er legt seine Hand auf meine Schulter. Es ist eine einfache Geste, und doch ist sie für mich in diesem Moment wie ein Anker. Ich blicke ihn an. In seinen Augen sehe ich nicht nur Entschlossenheit, sondern auch etwas, das ich fast vergessen hatte: Hoffnung.
„Ich bin hier, Mia“, sagt er leise. „Und ich werde dich nicht im Stich lassen. Aber ich muss dich warnen: Der Weg, den wir jetzt gehen, wird alles andere als leicht.
Wir stellen uns gegen Leute, die ihre Macht mit Zähnen und Klauen verteidigen. Die keine Skrupel kennen.“
Ich nicke langsam, meine Finger umklammern die Tasse wie einen Rettungsring.
Mein Blick wandert hinaus in den blassen Morgen.
Dort, wo sich Nebel über die Felder von Ravens Peak legt wie ein Schleier über die Wahrheit.
In mir wächst etwas Neues. Keine Furcht, keine Ohnmacht, sondern ein Entschluss.

„Dann lass uns einen Plan machen“, sage ich. „Wir holen Jenkins zurück. Und wir bringen Green, und Hale, zu Fall.“
„Die oberste Priorität ist, Alex Jenkins zu finden“, sage ich entschlossen, meine Stimme fester, als ich mich eigentlich fühle. „Wenn das, was du sagst, wirklich wahr ist, dann ist er in akuter Lebensgefahr. Und noch schlimmer, wenn sie ihn zum Schweigen bringen, bevor wir ihn finden, verlieren wir unsere einzige Chance, die Wahrheit ans Licht zu bringen. Er ist der Schlüssel zu allem. Der Einzige, der uns helfen kann, dieses Netz aus Lügen und Korruption zu entwirren.“
Derek nickt langsam, seine Augen ernst, fast dunkel vor Nachdruck. „Ich stimme dir zu, Mia. Jenkins ist der Dreh- und Angelpunkt in all dem. Wir müssen ihn finden, und zwar bevor sie ihn töten.“
Er steht auf, streicht sich mit der Hand über das Gesicht, als wolle er die Erschöpfung vertreiben, die auch auf seinen Schultern zu lasten scheint.
Dann geht er hinüber zu einem etwas älteren Computer, der in der Ecke des Raums auf einem staubigen Schreibtisch steht. Der Bildschirm flackert kurz, als er ihn einschaltet. „Ich habe ein paar Kontakte zu meiner alten Einheit. Vertrauenswürdige Männer.“, erklärt er, während seine Finger schnell über die Tastatur fliegen. „Menschen, die noch nicht ganz vergessen haben, wie sich Gewissen anfühlt. Sie schulden mir etwas und sie hassen die Schatten genauso wie wir. Vielleicht können sie uns Hinweise geben, wo Jenkins zuletzt gesehen wurde.“ Ich beobachte ihn schweigend.

Der Raum riecht nach Maschinenöl und altem Metall, das leise Summen des Computers mischt sich mit dem Rascheln von Unterlagen, die Derek zur Seite schiebt. Ich kann die Unruhe in meinem Magen kaum ignorieren. Alles in mir schreit danach, sofort loszulaufen, die Welt auf den Kopf zu stellen, um Jenkins zu finden und Hale zur Verantwortung zu ziehen. Aber ich weiß, dass wir strategisch vorgehen müssen.

Es ist sicher, dass Jenkins in den Händen jener Söldnertruppe ist, die sich selbst „die Schatten" nennt. Wahrscheinlich versuchen sie gerade herauszufinden, wie viel er weiß. Und wenn sie es herausgefunden haben, wird er für sie bedeutungslos. Ein Risiko. Ein Problem, das beseitigt werden muss. Der Gedanke schneidet wie ein Messer durch meine Brust.

„Wo fangen wir an?" frage ich schließlich, die Worte kommen leiser als beabsichtigt. „Und… was erzähle ich Hale? Er ist mein Vorgesetzter, Derek. Ich kann ihm nicht einfach ausweichen, ohne Misstrauen zu wecken. Er erwartet Antworten. Und er weiß nicht, was ich weiß."

Ich reibe mir die Stirn. Mein Kopf fühlt sich an wie ein einziges Wirrwarr aus Fragen, Zweifeln und aufkeimender Wut.

Derek hält kurz inne, seine Augen auf den Bildschirm gerichtet, aber ich sehe, wie sich sein Blick verengt. Er denkt nach.

Dann wendet er sich mir zu. „Wir müssen vorsichtig sein, Mia. Was du Hale erzählst, muss glaubwürdig sein, aber nicht zu viel verraten. Er darf keinen Verdacht

schöpfen, dass du ihm auf die Schliche gekommen bist."
Ich nicke langsam.
Es klingt so simpel, aber der Gedanke, Hale ins Gesicht zu lügen, lässt mich frösteln.
Ich kenne ihn seit Jahren. Ich habe ihm vertraut. Und nun ist er vielleicht Teil einer Verschwörung, die das Land in den Abgrund treiben könnte.
„Sag ihm, dass du Jenkins' letzte Spur verfolgst", schlägt Derek vor. „Sag ihm, dass du Hinweise hast, aber noch nichts Konkretes. Das gibt uns Zeit. Und vielleicht bringt es Hale sogar dazu, einen Fehler zu machen. Wenn er wirklich Teil von ihnen ist, wird er irgendwann zu viel wollen. Oder zu schnell handeln."
Ich spüre, wie mein Herz schneller schlägt. Ich bin Agentin. Ich habe gelernt, zu beobachten, zu analysieren, zu handeln. Aber diesmal ist alles anders. Diesmal ist das Spiel viel größer und ich stehe mittendrin. Und dennoch, ich weiß, was ich zu tun habe. Wir werden Jenkins finden.
Und wir werden die Wahrheit ans Licht bringen.
Egal, wie tief die Schatten reichen. Derek blickt mich ernst an. In seinen Augen liegt eine kühle Klarheit, ein strategisches Denken, das mich gleichzeitig beruhigt und beunruhigt.
„Wir müssen Hale glauben machen, dass wir ihn brauchen, um Jenkins zu finden. Er muss denken, wir stünden auf seiner Seite, ohne dass wir ihm die Wahrheit verraten. Nur dann wird er uns nicht im Weg stehen. Vielleicht hilft er uns sogar unwissentlich."

Der Gedanke, Hale anzulügen, fühlt sich falsch an, Aber alles ist inzwischen falsch. Die Welt steht Kopf. Und wir müssen anfangen, sie von innen heraus zu verstehen, zu entwirren, auch wenn das bedeutet, dass wir uns tarnen müssen, mit Masken, wie die, die unsere Feinde tragen.
Derek steht auf, streicht sich die Hände an der Jeans ab, geht zu einem Whiteboard an der Wand. Das alte Ding wirkt, als hätte es schon viele Pläne getragen, Spuren von alten Markern sind noch schwach sichtbar. Er zieht einen Stift aus einer kleinen Dose und beginnt zu schreiben, schnelle, gezielte Bewegungen, keine Sekunde des Zögerns. Als hätte er das schon tausendmal getan.

„Wir brauchen einen Plan, Mia. Wir müssen herausfinden, wo die Schatten Jenkins festhalten. Und wir müssen einen Weg finden, ihn da rauszuholen, bevor sie ihn brechen oder für immer zum Schweigen bringen."
Ich beobachte ihn, wie er arbeitet. Namen tauchen auf. Linien, Pfeile, Notizen in eiligen, aber geübten Buchstaben. Das Muster ist noch verschwommen, aber es wächst. Derek denkt in Operationen. Jeder Strich, jedes Wort ist Teil eines größeren Konzepts, einer Mission, die in seinem Kopf längst begonnen hat.
Ich sehe ihn an und erinnere mich an die wenigen Bruchstücke, die ich über ihn weiß.
Seine Akte ist eine Leerstelle, geschwärzt bis zur Unkenntlichkeit. Und doch spricht sein Körper eine deutliche Sprache: trainiert, effizient, ruhig in jeder Bewegung. Er trägt seine Vergangenheit wie eine zweite Haut, und obwohl er

schweigt, erzählt sie mir mehr, als Worte es könnten.
Er war Soldat. Mehr als das. Er war Teil einer Eliteeinheit. Später CIA, Spezialeinsätze, Black Ops. Ich stelle mir vor, wie viele solcher Whiteboards er schon beschrieben hat. Wie viele Pläne er geschmiedet hat, in Situationen, in denen alles auf dem Spiel stand.
Es beeindruckt mich. Und es macht mir klar, wie gefährlich unser Gegner wirklich ist, denn wenn sogar Derek angespannt wirkt, ist das kein Spiel mehr.
Er schreibt noch einige Stichworte, dann tritt er einen Schritt zurück. Betrachtet das, was er auf dem Board erschaffen hat, mit prüfendem Blick. Für einen Moment wirkt er abwesend, wie jemand, der in seinen Gedanken bereits mehrere Züge weiter ist.
Dann wendet er sich mir wieder zu.
Seine Stimme ist ruhig, aber sie trägt diese leise Dringlichkeit in sich, die nicht schreien muss, um gehört zu werden.
„Wir haben einen Plan, Mia. Jetzt liegt es an uns, ihn umzusetzen. Wir müssen handeln, bevor es zu spät ist."
Ich atme tief durch. Mein Herz schlägt schnell, aber in mir formt sich etwas, das ich kaum greifen kann. Entschlossenheit vielleicht. Ich weiß, dass wir keine Zeit mehr haben. Und dass ich nicht länger die Agentin sein kann, die nur Fragen stellt. Ich muss zur Jägerin werden.
Ich nicke. „Dann los."
Derek steht noch immer vor dem Whiteboard, als er mir den nächsten Teil seines Plans erläutert. Seine Stimme ist ruhig, seine Worte durchdacht, als er erklärt, wie wir Jenkins möglicherweise aufspüren können. Er spricht von

alten Kontakten, von versteckten digitalen Spuren, die vielleicht übersehen wurden. Von einem anonymen Informanten, der sich gemeldet hat, schwammige Informationen, aber ein Anfang.

Ich folge seinen Ausführungen, bemühe mich, alles in meinem Kopf zu ordnen, während mein Innerstes tobt.

Und dann, ein leises Vibrieren. Mein Handy.

Ich blicke auf das Display. Der Name darauf trifft mich wie ein sanfter Schlag ins Herz:

Viv.

Meine beste Freundin seit Schulzeiten. Unsere Leben haben sich in verschiedene Richtungen entwickelt. Sie lebt an die Westküste, ich in Ashwood.

Wir sehen uns selten, aber wir wissen, dass wir uns immer aufeinander verlassen können.

Es ist ungewöhnlich, dass wir so lange keinen Kontakt hatten. Doch in den letzten Tagen war alles zu viel, zu aufwühlend, zu gefährlich, als dass ich an normale Gespräche hätte denken können.

Ich zögere.

Derek sieht es sofort. Sein Blick ruht kurz auf mir, verständnisvoll und ruhig. „Nimm es an, Mia“, sagt er leise. „Es könnte wichtig sein.“

Ich nicke und trete ein paar Schritte zur Seite, während ich das Gespräch annehme.

„Hey“, sage ich und versuche, meine Stimme ruhig und normal klingen zu lassen.

„Mia!“ Vivs Stimme ist eine Mischung aus Erleichterung und Besorgnis. „Ich habe mir solche Sorgen gemacht. Ich

habe dich tagelang nicht erreicht! Was ist los? Geht's dir gut?"
Ich schließe die Augen für einen Moment, atme tief durch. Ich weiß, dass ich ihr nicht einfach alles erzählen kann. Sie ist keine Ermittlerin, sie steht außerhalb dieses Albtraums, und das soll auch so bleiben. Aber ich will sie auch nicht anlügen. Also beginne ich vorsichtig, die Ereignisse der letzten Tage grob zu umreißen. Ich wähle meine Worte mit Bedacht, lasse viele Details weg, konzentriere mich auf das Wesentliche.
„Ich bin nicht allein", sage ich ruhig. „Ich arbeite gerade mit jemandem zusammen. Es geht um etwas Komplexes, etwas Ernstes. Ich kann dir keine Details geben, das weißt du. Aber es ist wichtig. Und es ist gefährlich."
Viv hört aufmerksam zu. Ich kenne sie gut genug, um zu wissen, dass sie gerade innerlich jedes Puzzleteil sortiert, jeden Nebensatz prüft.
„Bist du in Gefahr, Mia?" fragt sie schließlich, ihre Stimme voller Besorgnis. „Kann ich irgendetwas tun, um dir zu helfen?" Ich blicke kurz zu Derek, der mich beobachtet, ruhig, aber wachsam. Er scheint jedes Wort zu registrieren, jede Nuance. Ich erkenne in seinem Gesicht das, was ich selbst fühle: den Wunsch, die Menschen, die uns wichtig sind, zu beschützen, auch, indem wir sie auf Abstand halten.
„Ich will dich nicht mit hineinziehen", sage ich leise. „Und ich will dich nicht beunruhigen. Es ist besser so, glaub mir. Du bist dort drüben mit Yannic und Cassie und das ist gut so. Bleib da und mache dir keine Sorgen. Ich habe alles im Griff."

Ich versuche, so zuversichtlich wie möglich zu klingen, doch ich weiß, dass Viv mich durchschaut. Sie kennt mich zu gut. „Mia…“, sagt sie leise. „Ich weiß, dass du mir nicht die ganze Wahrheit sagen kannst. Und ich akzeptiere das. Aber ich vertraue dir. Bitte sei vorsichtig. Ich will nicht irgendwann einen Anruf bekommen, den ich nie hören wollte.“

Ihre Worte treffen mich. Nicht wie ein Schlag, sondern wie eine warme Umarmung inmitten all dessen, was gerade kalt und unsicher wirkt. Für einen Moment spüre ich, wie sehr ich diesen Anker gebraucht habe. Jemanden, der mich kennt, bevor all das begann.

Ich höre, wie sie im Hintergrund mit jemandem spricht. Vermutlich Yannic.

Dann kommt sie wieder ans Telefon. „Ich muss los“, sagt sie sanft. „Ich ruf dich später wieder an, okay? Und Mia, ich meine es ernst: pass auf dich auf.“

„Mach ich“, antworte ich, und meine Stimme ist leiser, als ich will. „Versprochen.“

Wir verabschieden uns, und ich halte das Handy noch einen Moment in der Hand.

Dann ein dezentes Vibrieren. Eine Nachricht.

Ich öffne sie und muss plötzlich lachen.

„Und jetzt erzähl mir mal, wer dieser mysteriöse Mann ist, mit dem du da zusammenarbeitest. Klingt ganz schön nach Abenteuer, Mia. Ist er wenigstens attraktiv? “

Ich lache leise auf, das erste echte Lachen seit Tagen.

Viv versucht seit Jahren, mich zu verkuppeln. Ohne großen Erfolg. Und jetzt, obwohl sie sich Sorgen macht, schafft sie

es doch wieder, mir einen Moment Normalität zu schenken. Derek schaut zu mir herüber, leicht verwundert. „Alles in Ordnung?“, fragt er, während er sich wieder dem Whiteboard zuwendet.
Ich schüttle leicht den Kopf, ein Lächeln auf den Lippen. „Alles gut“, sage ich, lege das Handy beiseite. Ich antworte Viv später.
Derek nickt nur, als hätte er ohnehin verstanden. Vielleicht hat er es wirklich. In seinem Blick liegt kein Urteil. Nur das stille Wissen, dass jeder von uns jemanden braucht, der einen zurück in die Welt holen kann, wenn man sich zu weit in der Dunkelheit verloren hat.
Ich merke, wie sich nach dem Gespräch mit Viv langsam eine gewisse Ruhe in mir breitmacht. Nicht viel, nur ein Hauch, aber genug, um wieder klarer zu denken. Ihre Stimme war wie ein Anker. So vertraut. So ehrlich. Es tut gut zu wissen, dass sie da ist, auch wenn sie so viele Meilen entfernt lebt. Dass sie sich Sorgen macht, zeigt mir nur einmal mehr, wie stark unsere Verbindung ist. Ich sehe zu Derek hinüber. Er wartet ruhig, gibt mir die Zeit, die ich brauche. Er sagt nichts, aber ich spüre, dass er mich beobachtet. Nicht aus Misstrauen, sondern mit dieser aufmerksamen, abwartenden Ruhe, die ich an ihm immer mehr zu schätzen beginne.
Ein kleiner Anflug von Verlegenheit steigt in mir auf, als ich an ihre Nachricht denke. Ich grinse unweigerlich und als ich merke, dass Derek das sieht, werde ich rot.
Ich kann ihm unmöglich erzählen, was Viv gerade geschrieben hat. Nicht jetzt.

„Die Nachricht war von Viv“, sage ich schließlich, bemüht um eine beiläufige Stimme.
„Sie hat mir nur was Lustiges über Cassie geschrieben, ihre Tochter.“
Derek hebt leicht die Augenbraue, sein Blick ist skeptisch, aber er sagt nichts. Stattdessen wendet er sich wieder dem Whiteboard zu, als würde er mir die kleine Notlüge großzügig durchgehen lassen. Ich bin ihm dankbar dafür.
„Okay, Mia“, sagt er ruhig. „Lass uns weitermachen. Wir haben noch viel zu tun, bevor wir Jenkins finden.“

Ein Herzschlag lang wir

Ich trete näher zum Whiteboard, wo vier Orte eingetragen sind. Mögliche Verstecke. Orte, an denen man jemanden wie Jenkins verschwinden lassen könnte, ohne dass jemand Fragen stellt.
Ich verschränke die Arme vor der Brust. „Wir können unmöglich allein alle diese Orte überwachen", sage ich, nachdenklich. „Wie stellst du dir das vor?"
Derek nickt, als hätte er genau auf diese Frage gewartet. „Ich habe ein paar Kontakte", erklärt er. „Alte Kameraden. Leute, denen ich vertrauen kann. Sie schulden mir was. Oder ich ihnen. In jedem Fall kann ich auf sie zählen."
Er deutet auf ein Lagerhaus am Rand der Stadt. „Hier. Ein ehemaliges Industriegebäude. Ich kenne jemanden, der dort arbeitet. Der kann uns sagen, ob in letzter Zeit etwas Ungewöhnliches vorgefallen ist."
Dann zeigt er auf einen anderen Ort. „Ein Bürogebäude. Ich habe einen alten Freund dort, der als Sicherheitsmann arbeitet. Vielleicht kann er uns Zugriff auf die Kameras verschaffen."
Ich bin beeindruckt. Nicht nur von der Geschwindigkeit, mit der er denkt, sondern auch davon, wie gut vorbereitet er ist. Das hier, das macht er nicht zum ersten Mal. Alles an ihm wirkt ruhig, durchdacht, fokussiert.
Und ich…? Ich bin mittendrin. Mit ihm. Obwohl er all das längst hinter sich lassen wollte.
Ich sehe ihn an.

Und plötzlich wird mir bewusst, wie sehr ich seine Hilfe schätze. Wie viel es mir bedeutet, dass er hier ist.
„Ich bin dir unglaublich dankbar, dass du das alles mit mir durchziehst“, sage ich leise.
Meine Stimme zittert leicht, und ich lasse sie nicht weiter fest werden. „Du kennst mich kaum. Und alles, was ich über dich weiß, ist, dass du versucht hast, diesem ganzen Wahnsinn zu entkommen. Und trotzdem… bist du hier. Wieso?“
Derek hält in seiner Bewegung inne und sieht mich an. Für einen Moment wirkt sein Blick weicher, verletzlicher. Etwas in ihm verändert sich, ganz subtil.
„Ich kenne mich selbst, Mia“, sagt er schließlich, leise. „Und ich weiß, dass ich nicht mehr in den Spiegel schauen könnte, wenn ich einfach wegsehen würde.“
Er macht eine kurze Pause. Ich kann sehen, wie es in ihm arbeitet. Dann fügt er hinzu: „Manchmal läuft man vor etwas davon, weil man glaubt, dass man Frieden braucht. Aber dann merkt man, dass man nie wirklich Frieden finden kann, wenn man Menschen in Not einfach ihrem Schicksal überlässt.“
Sein Blick trifft meinen. Ruhig, ehrlich.
„Und du… du stehst hier, obwohl alles um dich herum zusammenbricht. Du kämpfst. Und das verdient mehr, als nur Wegsehen.“
Ein Kloß bildet sich in meiner Kehle, und für einen Moment weiß ich nicht, was ich sagen soll.

Zwischen uns liegt plötzlich etwas. Kein Schweigen, sondern... Verständnis. Vielleicht sogar Verbundenheit. Zwei Menschen, die ihre eigenen Dämonen kennen. Und die trotzdem nicht aufgeben.

Derek sieht mich an, seine Augen für einen Moment ungewohnt weich, beinahe verletzlich. „Ich weiß, dass du mich nicht kennst, Mia“, sagt er leise. „Aber ich weiß, dass ich nicht einfach wegsehen kann, wenn jemand Hilfe braucht. Besonders nicht, wenn es um jemanden geht, der so mutig ist wie du.“

Ich lache kurz auf, bitter. „Mutig?“ Ich schüttle den Kopf. „Wenn das alles stimmt, was du mir über Green und Hale erzählt hast, dann bin ich nicht mutig, Derek. Dann war ich einfach nur... naiv. Oder dumm.“

Die Worte schmecken nach Enttäuschung, und meine Stimme zittert ein wenig. „Ich hätte mich nie auf das alles einlassen sollen. Wieso hat Hale ausgerechnet mich ausgesucht? Ich meine, ich will nicht überheblich klingen, aber ich bin gut in meinem Job. Wirklich gut. Ich habe mich immer auf meine Menschenkenntnis verlassen. Ich dachte, ich könnte Lügen erkennen, könnte Manipulation durchschauen. Und jetzt?“ Ich blicke zu ihm, mein Blick sucht Halt. „Jetzt sagst du mir, dass mein Chef, jemand, dem ich bedingungslos vertraut habe, ein Teil dieses dreckigen Spiels ist. Und ich verstehe so vieles nicht mehr.“

Derek nickt langsam, seine Miene spiegelt Verständnis. „Ich kann nur erahnen, wie sich das anfühlt“, sagt er ruhig. „Aber glaub mir, Hale hat dich nicht ausgewählt, weil du leicht zu täuschen bist. Er hat dich ausgesucht, weil du gut

bist. Weil du zu den Besten gehörst.
Und, weil du etwas hast, das für Männer wie ihn eine Schwachstelle ist."
Ich runzle die Stirn. „Was meinst du?"
„Du glaubst an das Gute, antwortet er ohne zu zögern. „Du vertraust. Nicht blind, aber tief. Du willst das Richtige tun, und du glaubst daran, dass Menschen das auch wollen. Und genau das hat Hale ausgenutzt. Er wusste, dass du loyal sein würdest. Dass du ihm folgen würdest. Nicht, weil du schwach bist, sondern weil du stark bist. Weil du Werte hast. Und er? Er hat keine."

Seine Worte treffen mich tiefer, als ich erwartet hätte.
Ich habe so oft die Unnahbare gespielt. Stark, fokussiert, kontrolliert.
Aber Derek, dieser Mann, den ich kaum kenne, durchschaut mich mit einer Klarheit, die mich erschüttert. Er sieht nicht nur das, was ich nach außen trage. Er sieht mich wirklich. Und das macht mir fast mehr Angst als alles andere.
Er blickt mich weiter an, mit einer Wärme, die mich aus dem Gleichgewicht bringt. „Ich sehe dich, Mia", sagt er leise. „Nicht nur die Agentin. Nicht nur die, die sich hinter Professionalität versteckt. Ich sehe die Frau, die kämpft, obwohl sie innerlich fast zerbricht. Ich sehe dich."
Ich schlucke schwer, versuche, etwas zu sagen, aber die Worte bleiben mir im Hals stecken. Stattdessen sehe ich ihn einfach an. Und ich glaube ihm. Es fühlt sich ehrlich an.
Anders als alles, was mir in letzter Zeit begegnet ist.

Derek spricht weiter, diesmal noch leiser, fast wie ein Versprechen. „Ich weiß, dass du Angst hast. Ich weiß, du versuchst, dich zu schützen. Aber ich bin hier. Nicht nur wegen Jenkins, nicht nur wegen dem, was vor uns liegt, sondern wegen dir. Ich werde dir helfen, Mia. Nicht nur dabei, die Wahrheit zu finden. Sondern auch dich selbst."

Ein Moment der Stille legt sich zwischen uns. Keine unangenehme, keine, die gefüllt werden muss, sondern eine, die sich anfühlt wie ein leiser Schwur. Ich halte seinem Blick stand. Seine Worte hallen in mir nach, bringen etwas zum Klingen, das ich lange vergraben habe.
Er sagte, er sieht mich. Und ich sehe ihn auch.
Die Luft zwischen uns ist nicht mehr nur aufgeladen. Sie ist schwer von etwas, das sich kaum benennen lässt.
Etwas, das sich langsam aufgebaut hat, leise und fast unbemerkt, während wir Seite an Seite innerlich gekämpft, geplant, gezweifelt haben.
Jetzt ist es plötzlich da. Spürbar. Greifbar.
Eine Spannung, die unter meiner Haut kribbelt, wie ein Sturm, der sich ankündigt, lange bevor der erste Blitz den Himmel spaltet.
Ich sehe ihn an – wirklich an. Und ich merke, dass ich ihn nicht mehr durch die Linse der Vorsicht, der professionellen Distanz, der funktionalen Zweckgemeinschaft sehe.
Ich sehe nicht mehr den Ex-Soldaten, den Strategen, das Geheimnis. Ich sehe einen Mann.
Und er sieht zurück.

Sein Blick ruht auf mir, warm und forschend, als würde er nicht nur mein Gesicht betrachten, sondern direkt in mich hineinsehen. Nicht neugierig. Nicht eindringlich. Sondern voller Ehrlichkeit. Und es erschüttert mich, wie wenig ich dem entgegenzusetzen habe.

Ich, die sonst jede Mimik lesen, jede Absicht entschlüsseln kann, fühle mich plötzlich nackt unter seinen Augen. Nicht entblößt, aber gesehen. Ganz.

Ich öffne mich. Unmerklich vielleicht, aber spürbar. Ein inneres Loslassen, ein Einatmen, das Raum schafft für etwas, das größer ist als Worte. Für Nähe.

Derek steht einen Schritt entfernt. Vielleicht zwei. Und doch fühlt es sich an, als hätte er mich schon berührt. Seine Gegenwart ist intensiv, fast körperlich spürbar, wie eine unsichtbare Hand auf meiner Haut. Ich weiß nicht, ob er es auch merkt, aber irgendetwas in seinem Blick verrät mir, dass er es tut.

Sein Blick gleitet über mein Gesicht, bleibt an meinen Augen hängen. Ich halte seinem Blick stand. Nicht trotzig, sondern weil ich es will. Weil ich plötzlich das Bedürfnis habe, dass er mich sieht. Dass er mich erkennt, hinter allem, was ich zu verbergen versuche.

„Es ist nicht deine Schuld, Mia“, sagt er, seine Stimme leise, rau vom Ernst, aber weich vom Gefühl. „Hale hat dich benutzt, ja. Aber nicht, weil du schwach bist. Sondern weil du gut bist. Du vertraust. Du glaubst. Und in einer Welt wie dieser ist das nicht deine Schwäche. Das ist deine Stärke. Er hat sie nur gegen dich gewendet.“

Ich schlucke schwer.

Seine Worte gehen tiefer, als ich erwartet habe. Tiefer, als ich zulassen wollte.
Er streckt langsam die Hand aus, als würde er mir nicht nur Nähe, sondern auch Respekt anbieten.
Raum lassen für meine Entscheidung. Ich zögere keinen Moment. Ich lege meine Hand in seine.
Seine Finger schließen sich um meine, fest, aber nicht fordernd. Sanft. Warm. Die Berührung lässt eine Gänsehaut über meine Arme laufen. Es ist, als würde sich etwas in mir erinnern, an etwas, das ich lange vergessen hatte. Sicherheit. Nähe. Verbundenheit.
„Wir werden das schaffen“, sagt er. „Wir finden Jenkins. Und wir stellen Hale. Und du wirst zurückblicken und wissen, dass du nie allein warst.“
Ich atme ein, spüre seine Worte wie einen Anker in mir. Ich will glauben, dass er recht hat.
Und zum ersten Mal glaube ich es tatsächlich.
Derek kommt einen Schritt näher. Unsere Körper trennen nur noch Zentimeter.
Ich spüre seine Wärme, sein Atmen.
Alles in mir reagiert auf ihn, auf seine Nähe, seine Präsenz, seine unausgesprochene Bitte, gesehen zu werden.
Nicht als Held. Nicht als Soldat. Sondern als Mensch.
Er hebt die Hand, streicht mir eine lose Strähne aus dem Gesicht. Eine kleine Geste, aber sie geht mir durch Mark und Bein. Mein Herz schlägt so laut, dass ich befürchte, er könnte es hören.
Dann, ganz langsam, senkt er seinen Kopf. Seine Lippen sind so nah, dass ich seinen Atem auf meiner Haut spüren

kann. Warm, weich, fast schüchtern.
Ich schließe die Augen. Nicht aus Unsicherheit, sondern weil es sich richtig anfühlt, in diesen Moment zu gleiten, ohne die Kontrolle halten zu müssen.
Und dann küsst er mich.
Seine Lippen berühren meine, vorsichtig, beinahe fragend. Als ob er mir die Möglichkeit gibt, zurückzuweichen.
Aber ich tue es nicht. Ich lehne mich hinein. Antworte.
Was beginnt wie ein zartes Tasten, wird tiefer. Wärmer. Seine Hand wandert an meine Wange, sein Daumen streicht über meine Haut. Sein Kuss ist kein Feuerwerk, das alles übertönt.
Er ist ehrlicher. Voller Gefühl. Voller zurückgehaltener Sehnsucht. Ich vergesse alles um mich herum.
Die Schatten, die Gefahr, den Druck.
Für diesen einen Moment bin ich nur Gefühl. Nur Herz.
Ich spüre, wie meine Hand seine Schulter berührt, wie ich ihm näherkomme, als würde mein Körper selbst entscheiden.
Es ist kein Fluchtpunkt, es ist ein Ankommen. Bei ihm. Bei mir selbst.
Als sich unsere Lippen langsam voneinander lösen, bleiben wir noch einen Atemzug lang in dieser Nähe. Stirn an Stirn. Herz an Herz.
Er sieht mich an. Ich sehe ihn.
Und in diesem Moment weiß ich, dass alles sich verändert hat.
Für einen Herzschlag lang existieren nur noch wir. Zwei Menschen in einem Raum, aber irgendwo zwischen Raum

und Zeit gefangen, verbunden durch etwas, das sich größer anfühlt als wir selbst.
Dann zieht er sich plötzlich zurück.
Nicht hastig, aber mit einer Klarheit, die den Moment zerreißt. Seine Augen suchen meine, dunkel und voller unterdrückter Emotionen. Seine Brust hebt und senkt sich schwer, als müsste er gegen etwas ankämpfen, das in ihm lodert.
„Mia“, sagt er leise, seine Stimme ist tief, rau, fast heiser vor Zurückhaltung. Er schaut mich an, als wolle er mehr sagen, als könne er es nicht. „Wir sollten uns nicht ablenken lassen.“ Seine Worte widersprechen dem Blick, der noch immer an mir haftet, als könnte er mich mit seinen Augen festhalten.
Ich spüre die Hitze auf meinen Wangen, mein Herz hämmert.
Ich schüttle den Kopf, versuche, meine Gedanken zu ordnen, die plötzlich überall und nirgends sind.
„Ich denke, du hast recht“, sage ich schließlich, auch wenn sich ein Teil von mir wünscht, dass er es nicht hätte.
Er nickt, sein Blick bleibt auf mir ruhen, nicht kühl, nicht sachlich, sondern voller Intensität. Dann zieht er sich einen Schritt zurück, als müsste er die Kontrolle über sich selbst zurückerlangen. Ich merke, dass er sich abgrenzen will. Nicht von mir, sondern von dem, was zwischen uns zu brennen beginnt.
„Wir müssen Jenkins finden“, sagt er, seine Stimme ist nun wieder ruhig, professionell, aber nicht kalt. „Wir können uns keine Ablenkung leisten.“

Ich nicke, atme tief durch. Der Moment zwischen uns ist noch da, wie ein Nachbeben, aber wir schieben ihn in den Hintergrund.
Noch.
Denn tief in mir weiß ich: Das war nicht das Ende. Das war der Anfang von etwas, das nicht mehr ignoriert werden kann.

„Lass uns weitermachen“, sagt Derek. Doch seine Augen sagen: Ich bin noch da. Ich habe dich gesehen. Und ich weiß: Ich ihn auch.
Ich sehe ihn an. Er versucht, sich zusammenzureißen, versucht, das Feuer, das zwischen uns aufgeflammt ist, unter Kontrolle zu bringen.
Doch es gelingt ihm nicht ganz, nicht vollständig. Etwas in seinem Blick ist weicher geworden. Offener. Verletzlicher. Und ich weiß: Dieser Kuss hat auch ihn verändert.

Ich will etwas sagen, irgendetwas, das die Schwere dieses Moments einfängt, aber da reißt uns das Klingeln meines Telefons zurück in die Realität. Es ist, als würde jemand eiskaltes Wasser über uns gießen. Für einen winzigen Augenblick halte ich den Atem an, bevor ich aufs Display sehe.

Und plötzlich ist alles anders

Mein Herz schlägt schneller, als ich den Namen lese.
Ryan Hale.
Ein Zucken geht durch meinen Körper. Meine Finger krampfen sich um das Gerät. Ich spüre plötzlich wieder jeden Zweifel, jede Wunde, jeden Verrat.
Wie konnte ich so blind sein? Wie konnte ich einem Mann wie ihm vertrauen? Und warum, verdammt noch mal, hat er mich ausgesucht?
Ich spüre Dereks Blick auf mir. Ruhig. Wachsam.
Der Moment der Intimität ist verschwunden, ersetzt durch etwas anderes, etwas Ernstes, Dringliches.
„Lass ihn nicht merken, dass wir ihn durchschaut haben“, sagt er leise.
Ich nicke kaum merklich und gehe ran. Meine Stimme klingt kontrolliert, neutral, glatt wie ein Spiegel, der nichts preisgibt.
„Ryan? Wie kann ich dir helfen? Gibt es Neuigkeiten?“ frage ich und versuche all meinen Frust zu unterdrücken.
Seine Stimme ist ruhig. Freundlich. Fast zu freundlich.
„Hat sich Derek Thompson bei Dir gemeldet? Wie ist der Stand deiner Ermittlungen? Gibt es neue Informationen?“
So viele Fragen auf einmal. Zu viele. Ich spüre, wie meine Alarmglocken schrillen.
Ich zwinge mich, ruhig zu bleiben, gleichmäßig zu atmen. Kein Zögern. Keine Emotion.
„Ja, er hat sich gemeldet“, sage ich. „Aber ehrlich gesagt, er konnte mir nicht viel mehr als das letzte Mal erzählen.“

Es ist eine Lüge. Ich weiß es. Er weiß es vielleicht auch. Aber ich spreche sie ruhig aus, fest, mit einer Selbstsicherheit, die ich nur vortäusche. Ich darf ihm nichts anmerken lassen.
Ich erzähle ihm vom Anruf, dieser verzerrten Stimme, die mich gewarnt hat.
Zwei Tage ist es her, und ich habe mich ohnehin gefragt, warum er das nie erwähnt hat.
Die Spezialisten des FBI haben sicherlich längst Bericht erstattet. Und wenn nicht? Dann ist auch das bezeichnend.
„Ich habe die IT-Abteilung gebeten, den Anruf zu analysieren", sage ich. „Bisher habe ich keine Rückmeldung erhalten."
Am anderen Ende der Leitung ist es einen Moment still. Dann sagt Hale mit ruhiger Stimme: „Ich werde mich darum kümmern."
Aber etwas an seinem Tonfall lässt mich innehalten.
Es klingt nicht wie echtes Interesse. Es klingt vorgespielt. Berechnend. Wie jemand, der bereits weiß, was ich erfahren habe und der herausfinden will, wie viel ich wirklich herausgefunden habe.
Ich spüre, wie sich alles in mir zusammenzieht.
Ich gehe in Deckung. Emotional. Strategisch.
Dann kommt die Frage, auf die ich vorbereitet war und dennoch trifft sie mich wie ein Stich:
„Wo sind Sie gerade?"
Ich zögere nur eine Sekunde. „Ich bin noch in der Stadt", sage ich ruhig. „Ich verfolge ein paar Spuren."
Vage. Undurchsichtig. Genauso, wie es sein muss. Ich

merke, wie mein Herz pocht, als würde es gleich meine Tarnung verraten.
„Ich muss los“, sage ich knapp, bevor er etwas erwidern kann. „Ich melde mich, wenn ich etwas Greifbares habe.“
Noch bevor er antworten kann, beende ich das Gespräch.
Ich halte das Handy noch einen Moment in der Hand, wie ein heißes Stück Metall, das ich nicht loslassen kann.
Langsam hebe ich den Blick. Derek steht immer noch da, sein Blick auf mich gerichtet.
Ernst, fokussiert, durchdringend.
„Ich denke, ich habe ihn überzeugt“, flüstere ich.
Er nickt. Kein Lächeln. Kein Lob. Nur ein kurzes, festes Nicken.
„Wir müssen vorsichtig sein“, sagt er. „Wir wissen nicht, wie viel er wirklich weiß.“
Ich nicke stumm.
Was ich aber weiß: Das hier ist kein Spiel mehr. Das ist Krieg. Und ich stehe genau zwischen den Fronten.
Aber diesmal bin ich bereit.
Derek telefoniert, während ich schweigend zusehe. Seine Stimme ist ruhig, kontrolliert, fast schon hypnotisch, als er mit seinen alten Kameraden spricht.
Er gibt ihnen präzise Anweisungen, nennt Koordinaten, potenzielle Verstecke. Jedes Wort sitzt.
Ich höre, wie er mit knapper, aber eindringlicher Stimme erklärt, was auf dem Spiel steht. Wie wichtig es ist, Jenkins zu finden. Wie schnell wir handeln müssen.
Er wirkt in seinem Element. Vollkommen fokussiert, professionell.

Nicht nur ein Mann, der weiß, was er tut, sondern einer, dem andere blind folgen würden.
Ich frage mich, wie viele Missionen er geleitet hat. Wie oft er so gesprochen hat, mit dieser Mischung aus Verantwortung und Entschlossenheit. Und trotzdem liegt in seinem Tonfall etwas Persönliches, fast als würde es diesmal nicht nur um eine Mission gehen.
Als er schließlich auflegt, trifft sich sein Blick mit meinem. Für einen Moment bleibt er ruhig, warm, aber auch fest.
"Alles ist geregelt", sagt er schlicht. "Meine Leute sind unterwegs. Sie werden die Orte im Auge behalten. Wenn sich von Jenkins irgendwo eine Spur zeigt, finden wir ihn. Versprochen."
Ich nicke stumm, versuche zu lächeln, aber es gelingt mir nicht ganz. Fürs Erste können wir nichts tun. Wir müssen warten. Stunden. Vielleicht sogar Tage. Und das ist das Schlimmste.
Die Stille senkt sich über uns wie ein schwerer Schleier. Sie ist nicht ruhig oder friedlich. Sie drückt. Sie erinnert an Dinge, die nicht ausgesprochen wurden. Gefühle, die nicht hätten zugelassen werden dürfen. Gedanken, die sich nicht mehr zurückdrängen lassen.
Ich spüre Dereks Blicke. Flüchtig, fast so, als würde er es selbst nicht wollen. Als hätte er Angst, ich könnte den letzten Rest Selbstbeherrschung in seinem Blick erkennen.
Und ich tue dasselbe. Sehe zu ihm und dann schnell weg. Es ist absurd. Wir haben eben noch die Welt aus den Augen verloren, aber jetzt... jetzt fühlen wir uns wie zwei Fremde, die nicht wissen, wie man miteinander umgeht.

Mein Blick wandert durch den Raum, suchend. Aber alles erinnert mich an ihn. An seine Nähe. An den Kuss, der mehr war als nur ein Kuss.
Ich höre noch den Klang seines Atems, spüre die Hitze seiner Hand auf meiner Haut. Es war mehr als ein Moment. Es war ein Versprechen. Oder eine Warnung. Ich bin mir nicht sicher.

Die Stille wird beinahe unerträglich, bis Derek plötzlich aufsteht. Die Bewegung wirkt fast abrupt, als müsste er sich selbst aus dem Moment reißen.
"Ich gehe was zu Essen holen", sagt er, seine Stimme wieder neutraler, aber nicht ganz so gleichgültig, wie er es vielleicht gerne hätte. "Willst du auch was?"
Dankbar für den Themenwechsel, stammele ich: "Äähm... ja, gern. Was schwebt dir vor?"
Er zuckt leicht mit den Schultern, sein Blick bleibt einen Moment länger an mir hängen.
"Ich bringe einfach was mit. Sandwiches. Oder Salat. Mal sehen, was ich finde."
Ich nicke. "Okay. Ich bleibe hier. Sicher ist sicher."
"Ja", sagt er leise und mustert mich noch einmal, als wolle er sich vergewissern, dass ich in seiner Abwesenheit nicht einfach in mich zusammenfalle. Dann dreht er sich um und geht zur Tür.
Ich sehe ihm nach, spüre, wie mein Herz schneller schlägt, obwohl nichts passiert.
Obwohl alles passiert ist. Und obwohl ich weiß, dass das hier gerade erst der Anfang ist.

Während er unterwegs ist, lasse meinen Blick durch die Werkstatt schweifen, auf der Suche nach Ablenkung von der Stille und den Gedanken, die in meinem Kopf kreisen. In einer staubigen Ecke entdecke ich einige alte, gerahmte Bilder, achtlos gestapelt wie vergessene Erinnerungen. Neugierig gehe ich näher heran.
Die erste Aufnahme zeigt eine junge Frau mit zwei Kindern und einem Mann. Die Frau kommt mir sofort bekannt vor. Es ist Leah, seine Schwester, auch Emily erkenne ich. Die Kinder haben dieselben wachen Augen wie er, den gleichen Ausdruck von stiller Stärke.
Ich fühle, wie sich eine unerwartete Wärme in meiner Brust ausbreitet, aber auch ein leiser Schmerz, denn mit einem Blick erkenne ich, dass das mehr als nur Fotos sind. Es sind Fragmente eines früheren Lebens.
Auf zwei anderen Bildern sehe ich Männer in Kampfuniformen, alle mit ernsten Gesichtern, gezeichnet von Erfahrungen, die normale Menschen nie machen sollten.
Auf ihren Uniformen erkenne ich ein Emblem, dasselbe, das Derek auf seinem Arm trägt. Ich frage mich, ob das seine Einheit ist. Ob diese Männer noch leben. Oder ob diese Bilder das Einzige sind, was von ihnen geblieben ist.
Die Tür öffnet sich leise, und Derek tritt ein. In seiner Hand trägt er eine Tüte mit Essen, aber als er sieht, was ich betrachte, wird seine Miene schlagartig ernst.
Seine Schritte verlangsamen sich.
„Das ist meine Familie“, sagt er schließlich leise. Seine Stimme hat einen warmen, aber traurigen Klang. „Meine Schwester, meine Nichte und mein Neffe.“

Er bleibt neben mir stehen und deutet auf die anderen Fotos. „Und das... das sind meine Kameraden. Wir haben zusammen gedient. Manche von ihnen sind nicht mehr zurückgekommen."
Ich schlucke, die Worte bleiben mir kurz im Hals stecken. „Ich habe deine Schwester und
die Kinder kennengelernt", sage ich sanft. „Sie ist wirklich nett. Und die Kleinen sind unglaublich süß."
Derek lächelt kurz, ein müdes, fast sehnsüchtiges Lächeln. „Ja. Sie sind mein Anker." Dann senkt er den Blick leicht. „Meine Schwester und ich haben uns immer gegenseitig gestützt. Vor allem nach dem Tod unserer Eltern."
Ich sehe ihn an. „Was ist passiert?"
Er holt tief Luft, seine Stimme ist ruhig, aber brüchig. „Ein Autounfall. Da war ich noch ein Kind. Danach war es nur noch meine Schwester und ich."
Ich spüre, wie sich ein Knoten in meiner Brust bildet. Ich weiß genau, wie sich das anfühlt.
Und auch wenn ich es nicht aussprechen kann, nicht jetzt, nicht laut, zieht ein Schatten aus meiner eigenen Vergangenheit an mir vorbei.
Meine Mutter, die ich an den Krebs verloren habe.
Mein Vater, der nie von seinem letzten Einsatz zurückkam.
Ich trage diese Wunde tief in mir, verborgen unter Schichten aus Disziplin und Pflichtgefühl.
Ich sehe Derek an, und für einen Moment begegnen sich unsere Blicke auf einer ganz anderen Ebene. Ohne Worte.
Er scheint es zu spüren. Seine Augen werden weich, beinahe zärtlich. „Du musst nichts sagen, Mia. Ich sehe es in

deinen Augen. Du kennst den Schmerz. Du verstehst das."
Ich nicke nur leicht. Worte wären zu viel, zu schwer.
Nach einer kurzen, stillen Sekunde spricht er weiter. Diesmal mit der Entschlossenheit eines Mannes, der weiß, was auf dem Spiel steht: „Es ist nicht leicht, solche Verluste zu überwinden. Aber ich glaube, sie machen uns stärker. Härter vielleicht. Aber auch achtsamer."
Er legt den Kopf leicht schräg. „Was wir jetzt tun, ist wichtig. Jenkins braucht uns. Und du… du musst in Sicherheit sein."
Ich nicke erneut, diesmal fester. Die Emotion sitzt noch immer tief, aber ich zwinge mich, mich auf das Hier und Jetzt zu konzentrieren. Denn Derek hat recht. Die Vergangenheit mag uns geformt haben, aber es ist die Gegenwart, die zählt.

Wir setzen uns an den kleinen, improvisierten Tisch in der Werkstatt und packen die Sandwiches aus, die Derek besorgt hat. Der Duft von frischem Brot, gebratenem Hähnchen und würzigem Senf steigt mir in die Nase.
„Die sind unglaublich gut", sage ich, nachdem ich den ersten Bissen gekaut habe. Die Wärme des Essens breitet sich in meinem Magen aus wie eine kleine Umarmung.
Derek lächelt schief und nimmt selbst einen Bissen. „Ich wusste, dass sie dir schmecken würden. Der Laden ist ein Geheimtipp. Gehört einem alten Freund von mir. Ich kenne ihn, seit ich das erste Mal in Reaven´s Peak war."
Er lehnt sich ein Stück zurück, sein Blick wird sanfter. „Ich dachte, wir könnten beide ein bisschen Trost gebrauchen."

Für einen Moment ist es ruhig. Nur das Knistern des Sandwichpapiers, das leise Tropfen eines defekten Rohrs in der Ecke und unser Atem, der sich synchronisiert hat. Dann sieht er mich an. Seine Augen sind warm, aufrichtig. „Ich bin froh, dass du hier bist, Mia."
Seine Stimme klingt ehrlich, fast verletzlich, und mein Herz zieht sich kurz zusammen.
Ich lächle. „Ich auch."

Er beginnt zu erzählen.
Vom Besitzer des Ladens, der vor ein paar Jahren in Schwierigkeiten geraten war.
Jemand hatte versucht, ihn zu erpressen. Derek hatte sich diskret darum gekümmert. Kein großes Aufsehen, keine offizielle Anzeige. Einfach gelöst.
„Das ist nicht das erste Mal, dass ich sowas gemacht hab", sagt er beiläufig. „In Reaven´s Peak gibt's mehr dunkle Ecken, als man auf den ersten Blick sieht. Ich habe einigen Leuten geholfen. Still, ohne Namen zu nennen. Viele ahnen, dass ich dahinterstecke, aber ich wollte nie, dass jemand davon erfährt."
Ich sehe ihn an, während er spricht. In seinen Worten liegt keine Spur von Stolz oder Eitelkeit. Nur ruhige Entschlossenheit. Menschlichkeit.
Und plötzlich verstehe ich, warum ich mich so sicher fühle in seiner Nähe.
„Warum hast du das alles getan?" frage ich leise. Nicht weil ich es anzweifle, sondern weil ich es verstehen will. Ganz.
Er zuckt die Schultern, nimmt einen Schluck Wasser. „Weil

ich's konnte. Weil ich gesehen habe, dass jemand Hilfe braucht. Und weil ich nie wollte, dass aus mir jemand wird, der nur zuschaut."
Er sieht mich an, seine Stimme bleibt ruhig, aber da ist etwas in seinem Blick.
Wie eine Art unausgesprochene Erinnerung. „Ich habe Dinge gesehen. Dinge getan. Und in all dem Chaos. Da ist es leicht, das Gefühl für richtig und falsch zu verlieren. Ich wollte das nie."
Ich blicke auf seine Hände. Sie sind rau, kräftig, von Narben durchzogen. Und doch hält er das Sandwich mit einer beinahe schon zärtlichen Vorsicht.
„Trotz allem, was du erlebt hast... hast du dir deinen Sinn für Gerechtigkeit bewahrt", sage ich leise, mehr zu mir selbst als zu ihm.
Er nickt langsam, ohne wegzuschauen. „Die Welt ist nicht fair, Mia. Aber das heißt nicht, dass man aufhören sollte, an das Gute zu glauben. Oder dafür zu kämpfen." Eine Pause. Dann fügt er leise hinzu: „Ich denke, manchmal ist es das Einzige, was uns noch Mensch sein lässt."
Ich schlucke. Seine Worte treffen mich mehr, als ich erwartet hätte. Er hat so viel gesehen, so viel getragen und trotzdem ist da dieses Licht in ihm. Keine naive Hoffnung, sondern eine Entscheidung. Eine Entscheidung für das Gute.
Und in diesem Moment wächst meine Bewunderung für ihn. Nicht nur für den Soldaten. Nicht für den Beschützer. Sondern für den Menschen.
„Genau deswegen habe ich beim FBI angefangen", sage ich leise, fast so, als müsste ich mich selbst daran erinnern.

„Ich habe die Gewalt und all das Elend in Ashwood City gesehen. Die Stadt ist vielleicht nicht die ganze Welt, aber irgendwo muss man anfangen. Jemand muss sich für das Gute einsetzen, auch wenn es aussichtslos scheint."
Ich sehe Derek nicht an, während ich spreche. Es fällt mir schwer. Zu viel Enttäuschung, zu viel Wut.
„Die Rücksichtslosigkeit der Menschen dort ist manchmal kaum zu ertragen. Ich habe ein paar Semester Kriminalistik an der ACU studiert. Und da kam Hale. Er sprach mich einem Vortrag den er dort hielt an. Bot mir an, beim FBI anzufangen."
Derek schweigt einen Moment. Ich höre nur das leise Knistern der Verpackung seines Sandwiches, das er beiseitelegt, ohne weiter zu essen.
„Das klingt nach dir", sagt er dann ruhig. „Du hast gesehen, was falsch läuft und hast entschieden, etwas dagegen zu tun. Das ist mutig. Und bewundernswert."
Sein Blick ist warm, aber aufmerksam. „Und dass ausgerechnet Hale dich entdeckt hat… Er klingt nicht wie jemand, der leichtfertig rekrutiert. Du musst ihn wirklich beeindruckt haben."
Ich sehe ihn jetzt doch an, und er hält meinem Blick stand. Für einen Moment sagt er nichts und doch ich sehe die unausgesprochene Frage in seinen Augen.
„Was denkst du über ihn? Jetzt, wo du mehr weißt?", fragt er schließlich, seine Stimme tief und sanft.
Ich schlucke schwer. „Ich war beeindruckt von seiner Laufbahn. Er galt als rechtschaffen. Unantastbar. Er war so etwas wie ein Vorbild für mich. Dass er gerade mich

ausgewählt hat. Ich war stolz. Ehrlich."
Meine Stimme wird heiser, als ich weiterspreche.
„Damals war er noch kein SAC, sondern leitender Special Agent in einer Einheit, die sich auf Menschenhandel spezialisiert hatte. Wir haben gemeinsam große Fälle abgeschlossen. Wir haben Kinder gerettet, Netzwerke zerschlagen. Ich habe ihm vertraut. Mehr als jedem anderen."
Ich senke den Blick. „Und jetzt…" Ich schüttele langsam den Kopf. „Ich verstehe nicht, wann es angefangen hat. Wann er sich verkauft hat. Wann aus ihm das geworden ist. Ich will es begreifen, aber…"
Ich breche ab. Die Worte bleiben mir im Hals stecken.
Derek lehnt sich vor, sein Gesicht ist ernst, aber weich. „Manchmal geschieht es schleichend", sagt er leise. „Nicht von heute auf morgen. Ein kleiner Kompromiss hier,
eine Entscheidung zu viel da. Und irgendwann ist die Linie überschritten, ohne dass man es merkt. Oder man merkt es, aber will es nicht wahrhaben."
Er sieht mich eindringlich an. „Ich glaube, Hale wurde langsam verführt von Macht, Einfluss, vielleicht Angst. Und als Green ins Spiel kam, war es vorbei. Der Kerl weiß, wie man Menschen einkauft."
Ich nicke stumm. Die Enttäuschung sitzt tief in meiner Brust, wie ein Stein.
„Du musst auf dich aufpassen", sagt Derek mit fester Stimme. „Hale weiß, dass du gefährlich für ihn bist. Er wird nicht zögern, dich auszuschalten. Auf welche Weise auch immer."

Ich sehe ihn an. Und in seinem Blick liegt eine Entschlossenheit, die mir gleichzeitig Angst macht und Trost spendet.
„Ich werde vorsichtig sein“, flüstere ich. „Aber ich werde nicht weglaufen.“
Ein leises Lächeln huscht über Dereks Gesicht. „Das habe ich auch nicht erwartet.“

Zwischen Schuld und Macht

Währenddessen im FBI Field Office in Ashwood City.
Das Büro von Ryan Hale liegt im Halbdunkel.
Nur das schwache Licht der Schreibtischlampe taucht den Raum in eine matte, fast unheimliche Stimmung.
Draußen zieht ein kalter Regen über die Stadt, Tropfen prasseln leise gegen die Fenster. Drinnen herrscht eine andere Art von Sturm.

Hale sitzt reglos hinter seinem schweren Schreibtisch, das Gesicht angespannt, die Stirn in Falten gelegt. In seiner Hand hält er das Telefon, die Stimme gedämpft, aber voller Dringlichkeit.
„Ich brauche Informationen über Derek Thompson", sagt er leise, fast zischend. „Ich will wissen, wo er ist, mit wem er spricht, was er plant." Eine kurze Pause folgt. Dann, kälter: „Und ich will wissen, was Mia über mich weiß."
Sein Blick wandert gedankenverloren über das Büro, bleibt an einem Foto hängen, das ihn in jüngeren Jahren zeigt. Lächelnd, stolz. Ein Moment des Zögerns huscht über sein Gesicht. Dann weicht der Ausdruck von Nachdenklichkeit eiskalter Entschlossenheit. Er legt auf.
Sekunden später wählt er eine neue Nummer. Dieses Gespräch läuft über eine gesicherte, nicht nachverfolgbare Leitung. Am anderen Ende meldet sich eine Stimme, tonlos und gefährlich ruhig.
„Ich brauche deine Hilfe", beginnt Hale. Seine Stimme ist kaum mehr als ein Flüstern. „Ich glaube, Mia weiß

Bescheid. Sie ist nicht so naiv, wie ich gehofft hatte. Ich will, dass jemand sie beobachtet, rund um die Uhr. Und Derek Thompson…“

Er schließt kurz die Augen, als ob ihm der nächste Satz nicht leichtfiele oder als würde er sich für einen Moment selbst daran erinnern, wer er einmal war.

„Derek ist zu gefährlich. Er muss aus dem Weg geräumt werden. Diskret. Schnell.“

Die Antwort seines Kontaktmanns kommt ohne Zögern: „Erledigt. Sie werden kein Problem mehr sein.“

Hale lehnt sich zurück, seine Finger klopfen langsam auf die Tischplatte. Der Moment der Schwäche ist vorbei, ersetzt durch das kalte Kalkül eines Mannes, der längst über jede Grenze gegangen ist.

Er denkt an Mia. An die junge Frau voller Feuer und Prinzipien, die er einst rekrutiert hatte. Damals hatte er in ihr mehr gesehen als nur eine vielversprechende Agentin. Hoffnung vielleicht. Die Erinnerung an ihren Idealismus brennt kurz auf, wie eine alte Narbe, die noch manchmal schmerzt.

Doch die Zeit des Bedauerns ist vorbei. Hale hat Entscheidungen getroffen, die sich nicht mehr rückgängig machen lassen.

Er hat sich mit Kräften eingelassen, die keine Reue dulden. Und jetzt steht zu viel auf dem Spiel.

Mit einem knappen, entschlossenen Atemzug steht er auf. Sein Blick ist klar, kalt. Mia und Derek sind keine Menschen mehr in seinen Augen. Sie sind Variablen, die kontrolliert werden müssen. Risiken, die eliminiert gehören.

Ein leises Klopfen an der Tür durchbricht die angespannte Stille. Der IT-Forensiker, ein junger Mann mit schmaler Statur, zerzaustem Haar und einer Brille, die ihm ständig von der Nase zu rutschen droht, tritt mit einem Stapel Unterlagen in der Hand ein. Seine Augen verraten Unsicherheit, doch seine Stimme ist fest, als er sagt: „Sir, ich habe die Ergebnisse der Analyse des anonymen Anrufs, den Agentin Sanchez gemeldet hat. Es gibt etwas, das Sie wissen sollten."
Hale blickt auf, sein Gesicht bleibt regungslos, professionell wie immer, doch hinter der Fassade zieht sich ein Muskel an seiner Wange leicht zusammen. Er deutet dem jungen Mann, fortzufahren.
Der Forensiker beginnt zu berichten.
Eine Spur von Nervosität liegt in seiner Stimme, als er technische Details nennt.
Stimmverzerrung, mehrfach verschlüsselte Routen, ein Signal, das über verschiedene Server auf drei Kontinenten zurückgeworfen wurde, bevor es in Ashwood City ankam. Ein Kunstwerk der Verschleierung. Genauso, wie Hale es in Auftrag gegeben hatte.
Nichts, was ihn überrascht. Alles verläuft nach Plan.
Er hört dem Bericht zu, nickt gelegentlich, ohne den Eindruck zu erwecken, dass die Informationen für ihn neu wären. Doch innerlich regt sich etwas. Eine alte, fast vergessene Regung: Erleichterung. Mia scheint noch nicht ganz

hinter das Spiel gekommen zu sein.
Noch ist sie nicht zu nah an der Wahrheit.
Noch nicht.
Als der Forensiker fertig ist, spricht Hale ruhig und knapp: „Danke, dass Sie mich persönlich informiert haben. Ich werde mich darum kümmern."
Mit einem kaum sichtbaren Nicken entlässt er den jungen Mann, der sich eilig zurückzieht, nicht ahnend, wie viel schwerer die Luft gerade geworden ist.
Die Tür schließt sich mit einem leisen Klicken, und nun ist Hale wieder allein.

Er lehnt sich in seinem Stuhl zurück, starrt für einen langen Moment aus dem Fenster auf die verregneten Dächer von Ashwood City.
In seinem Inneren tobt ein stiller, zäher Konflikt. Mia.
Er hatte sie damals entdeckt. Eine ehrgeizige junge Frau mit klarem Verstand, fester Stimme und einem Blick, der tiefer drang als den meisten lieb war.
Ihre Entschlossenheit hatte ihn beeindruckt, ihr Gerechtigkeitssinn fast beschämt.
Sie erinnerte ihn an den Mann, der er einmal gewesen war. Damals.
Unweigerlich war er zu einer Art Vaterfigur für sie geworden. Er hatte sie gefördert, beschützt, vielleicht mehr, als es sein Job verlangte. Und obwohl er selbst längst Kompromisse gemacht hatte, deren Tragweite er früher nie akzeptiert hätte, hatte er gehofft, Mia würde fernbleiben von diesem Schatten, den er mittlerweile bewohnte.

Doch Gouverneur Green hatte andere Pläne.
Er hatte Mias Scharfsinn längst erkannt und in ihr eine Bedrohung gesehen, nicht eine junge Idealistin.
Green verlangte Ergebnisse, Loyalität und Kompromisslosigkeit. Für ihn war Mia eine lose Schraube im Getriebe. Eine, die entfernt werden musste.
Hale atmete schwer aus.
Er wusste, wie brillant sie war. Er selbst hatte ihren Verstand geschärft, ihr beigebracht, zwischen den Zeilen zu lesen, Muster zu erkennen, wo andere nur Chaos sahen. Sie war seine Schülerin und vielleicht gerade deshalb seine gefährlichste Gegnerin.
Ein Teil von ihm wollte sie noch immer schützen. Vielleicht ins Ausland versetzen, ihr eine neue Identität verschaffen. Doch der andere Teil, der kalte, pragmatische, machtbesessene Teil, wusste, dass das naiv war. Wenn sie die Wahrheit entdeckte, würde sie ihn zu Fall bringen. Und Green gleich mit.
Hale schloss für einen Moment die Augen.
Vielleicht, dachte er, war der Punkt längst überschritten. Vielleicht war der Mann, der Mia einst gefördert hatte, längst tot, gestorben in den Kompromissen, in den stillen Abmachungen mit Männern wie Green.
Er sitzt in seinem Büro. Seine Fingerspitzen berühren sich vor dem Gesicht, während er regungslos dasitzt. Äußerlich ruhig, doch innerlich tobt ein Sturm.
Mia. Ihr Name hallt durch seine Gedanken wie ein Echo, das sich nicht abschütteln lässt. Sie ist brillant. Analytisch. Intuitiv. Er hat sie selbst ausgebildet, hat ihre Fähigkeiten

geschärft, ihren Blick für das Wesentliche gefördert. Und genau deshalb weiß er, wie gefährlich sie jetzt für ihn ist.
Er fragt sich, warum sie ihn noch nicht entlarvt hat. Oder hat sie längst Verdacht geschöpft, schweigt aber noch? Vielleicht kämpft auch sie mit der Wahrheit. Vielleicht spürt sie den Abgrund, der sich auftut, wenn man jemandem ins Gesicht blickt, den man einst bewundert hat und erkennt, dass er nicht der ist, für den man ihn gehalten hat.
Es war ein Risiko, sie auf diesen Fall anzusetzen. Hale weiß das. Von Anfang an war es ein Balanceakt zwischen Vertrauen und Kontrolle.
Doch er hatte keine Wahl. Mia war die Beste für diesen Job, und wenn er sie nah bei sich hielt, konnte er wenigstens ihre Schritte beobachten.
Er lehnt sich in seinem Stuhl zurück, sein Blick schweift zur Decke. Gouverneur Green hatte ihn gewarnt: „Sie ist ein Risiko, Hale. Wenn sie uns zu nahekommt, wird sie fallen."
Er hat diese Worte nicht vergessen. Kühl ausgesprochen, wie eine endgültige Entscheidung.
Und doch... er zögert. Nicht, weil Green Unrecht hat, sondern weil Hale selbst nicht mehr weiß, was richtig ist. Mia ist mehr als nur eine Agentin. Sie ist ein Stück seines alten Selbst. Der Teil, der noch geglaubt hat an Gerechtigkeit, an Loyalität, an das Gute. Und jetzt?
Jetzt ist er zerrissen. Zwischen Pflicht und Macht, zwischen Schutz und Auslöschung.
Er steht auf, geht langsam zum Fenster. Unten rauscht der Verkehr von Ashwood City vorbei, gleichgültig gegenüber

dem inneren Chaos, das ihn auffrisst.
„Was habe ich getan?“ murmelt er leise, kaum hörbar, nur für sich selbst.
Aber der Moment der Schwäche ist flüchtig. Er richtet sich auf, sein Gesicht wird wieder hart, die Augen kühl. Entscheidungen müssen getroffen werden.

Sicherheit riecht nach Öl und Motoren

Ich sitze mit Derek auf dem alten, aber gemütlichen Sofa in seiner Werkstatt.
Es riecht nach Öl, Metall und irgendwie auch nach Sicherheit. Wir können momentan nichts anderes tun als warten. Warten darauf, dass seine Freunde etwas über Jenkins herausfinden. Warten darauf, dass sich irgendetwas bewegt.
Die Stille zwischen uns ist diesmal nicht unangenehm, sondern seltsam vertraut.
Unsere Blicke schweifen durch die Halle, vorbei an Werkzeugwänden, einem halb zerlegten Motor und einem abgedeckten Oldtimer in der hintersten Ecke.

Ich nicke zu einem glänzenden V8-Block. "Mein Vater war auch ein Autonarr", beginne ich leise, ein Lächeln auf den Lippen. "Er und ich, wir haben damals zusammen an meinem Mustang geschraubt. Ich war vielleicht acht oder neun, kam kaum ans Lenkrad, aber ich wusste jedes Detail über den Wagen. Er hat mir beigebracht, wie man Zündkerzen wechselt, wie man
den Vergaser reinigt. Ich habe die meiste Zeit nur zugesehen, aber für mich war das die Welt."
Derek schaut mich an, sein Blick warm, aufrichtig interessiert. "Das klingt wie eine schöne Erinnerung," sagt er leise und lächelt. "Ich kann verstehen, warum dir der Mustang so viel bedeutet. Es ist mehr als nur ein Auto für dich… es ist ein Stück deines Vaters."
Ich nicke, schlucke kurz. "Ja, genau das ist es."

Es wird spät. Ich recke mich und stehe auf. "Ich glaub, ich leg mich ein bisschen hin. Du bleibst noch hier?"
"Ja," sagt Derek, "ich will noch ein bisschen an dem Chevy arbeiten. Er macht seit Tagen Geräusche, die mir nicht gefallen."
Ich lächle leicht. "Manchmal vergesse ich, dass das hier dein Job ist."

Ich gehe langsam in das kleine Zimmer, das ich vorübergehend bewohne. Die Tür lasse ich ein Stück offen, aus irgendeinem Grund will ich nicht ganz abgeschlossen sein von dem, was draußen passiert.
Ich höre, wie Derek sich bewegt, dann höre ich, wie Stoff raschelt. Neugierig, vielleicht auch ein wenig gedankenverloren, werfe ich einen Blick durch den Türspalt.
Er zieht gerade sein Shirt aus, die Muskeln seines Rückens spannen sich im Halbdunkel, jede Bewegung kontrolliert, kraftvoll.
Ich halte den Atem an, als mein Blick auf das Tattoo fällt, das sich über seinen Rücken zieht. Es ist ein Phönix. Groß, detailliert, fast lebendig. Die Flügel aus schwarzer und roter Tinte scheinen zu glühen, als ob sie sich gleich heben würden, bereit zum Flug.
Ein Phönix. Auferstanden aus der Asche.
Es passt zu ihm. Zu dem Mann, der er ist. Zu allem, was er durchgemacht hat. Derek ist jemand, der nicht aufgegeben hat. Jemand, der gefallen ist. Vielleicht mehr als einmal...und jedes Mal wieder aufgestanden ist.
Ich ziehe mich leise zurück, schließe die Tür ein Stück

weiter, lehne mich mit dem Rücken dagegen. Mein Herz schlägt ein bisschen schneller als vorher. Ich lege mich ins Bett, aber der Schlaf will nicht kommen. Stattdessen denke ich an starke Schultern, an lodernde Flügel aus Tinte und an einen Mann, der mehr ist, als er je preisgeben würde.
Derek Thompson.
Und ich frage mich, wie lange ich noch so tun kann, als wäre da nichts.

Ein leises Piepen reißt mich aus meinen Gedanken. Gedanken an Dereks unglaublichen Körper, an das Tattoo auf seinem Rücken, welches wie ein Versprechen von Stärke und Neubeginn wirkt.
Ich greife nach meinem Handy. Eine Nachricht von Viv. Ich muss lachen. Gedankenübertragung, denke ich schmunzelnd. Natürlich will sie wissen, wie es mir geht oder besser gesagt, bei wem ich gerade bin. Sie ist so herrlich neugierig, vor allem wenn es um Männer geht.
Ich lese ihre Worte und sehe sie förmlich vor mir, wie sie mit funkelnden Augen auf dem Sofa sitzt, vielleicht mit einem Glas Wein in der Hand, Yannic im Hintergrund, der vermutlich den Kopf schüttelt, weil sie wieder ein kleines Dramaheraufbeschwört.
Ich tippe zurück: „Er ist… ein interessanter Typ. Ich erzähl dir später mehr." Nur ein bisschen anteasern, nichts Konkretes. Ich weiß genau, wie sie jetzt vor Spannung beinahe platzt.
Doch Viv wäre nicht Viv, wenn sie einfach lockerlassen würde. Sekunden später vibriert mein Handy erneut.

„Interessant??! Mia, bitte! Ich will ALLES wissen! Was ist es an ihm, was dich so... sicher fühlen lässt?“
Ich atme tief durch und mein Lächeln wird weicher. Sicher. Das trifft es tatsächlich. Ich bin sonst so vorsichtig, immer auf Abstand, immer bedacht, niemanden zu nah an mich heranzulassen. Doch bei Derek… fühlt es sich anders an.
Ich antworte: „Ich weiß nicht… es ist schwer zu erklären. Er ist ehrlich. Klar. Er sieht mich an, und ich habe nicht das Gefühl, mich verstellen zu müssen. Ich kann einfach ich sein. Ohne Maske. Und das ist… selten.“
Viv versteht. Natürlich versteht sie. Sie ist die einzige, die mich wirklich kennt, mich so nimmt, wie ich bin.
Sie hat gesehen, wie ich mich über die Jahre abgeschottet habe. Aus Selbstschutz, aus Angst.
Ihre nächste Nachricht ist warm und liebevoll. „Mia. Ich freue mich so für dich. Aber sei ehrlich: Ist da mehr?“
Ich halte kurz inne. Soll ich es ihr sagen? Das mit dem Kuss? Von diesem Moment, der sich angefühlt hat, als hätte jemand für einen Herzschlag die Welt angehalten?
Ich spiele mit dem Gedanken, dann tippe ich: „Und… wir haben uns geküsst.“
Bäm.
Die Antworten kommen wie ein Feuerwerk.
Eine Nachricht nach der anderen, in schneller Folge, Emojis, Ausrufezeichen…ich komme kaum mit dem Lesen hinterher. Sie ist völlig aus dem Häuschen. Ich lache leise, ziehe die Decke über meine Beine und beginne, ihr alles zu erzählen.
Ich schreibe ihr einen langen Text. Ich beschreibe die

Stimmung, den Moment, in dem wir uns gegenüberstanden, die Nähe, das Flackern in seinen Augen, die Unsicherheit in meiner Brust und wie all das verschwand, als sich seine Lippen auf meine legten. Wie ich alles vergessen habe, einfach nur gefühlt habe. Und wie dieser Kuss mich mehr aufgewühlt hat, als ich zugeben will.

Danach ist es still. Kein neues Piepen, kein wildes Tippen. Für einen Moment denke ich, vielleicht hat sie gar nicht alles gelesen. Und dann kommt eine einzige, kurze Nachricht: „WOW."
Ich muss lachen, weil ich genau weiß, wie sie jetzt aussieht. Offenstehender Mund, große Augen, vielleicht ein kleines „O mein Gott" auf den Lippen.
Ich weiß, sie will mir durch das Display hindurch in die Arme springen.
Langsam versuche ich, ihr zu erklären, wie ich mich wirklich fühle. Nicht nur aufgeregt. Nicht nur neugierig. Sondern auch verunsichert. Es fällt mir schwer, mich zu öffnen und sie weiß das. Sie weiß, dass Gefühle bei mir nicht einfach kommen, nicht leicht sind.
Ich bin nicht die Frau, die sich Hals über Kopf verliebt.
Ich bin die, die dreimal darüber nachdenkt, bevor sie jemanden auch nur ein Stück näher lässt.
„Ich habe Angst", schreibe ich. „Nicht vor ihm. Vor mir. Davor, was ich fühlen könnte. Und davor, was ich vielleicht zu verlieren habe."
Ihre Antwort ist ein warmes digitales Umarmen. „Du musst dich nicht fürchten, Mia. Du darfst fühlen. Und du darfst

dich fallen lassen. Ich bin hier, egal was passiert."
Und ich glaube ihr. Mit jeder Faser.
Viv ist nicht nur meine beste Freundin. Sie ist meine Familie. Sie und Yannic, sie waren da, als niemand anderes mehr blieb. Als sie mich gefragt hat, ob ich Patentante ihrer Tochter werden will, war das wie ein Leuchtfeuer in meinem oft so düsteren Leben. Diese kleine Familie hat mir gezeigt, was es heißt, anzukommen.
Und, dass Liebe nicht immer kompliziert sein muss.
Ich sehe auf mein Handy und lächle. Ich weiß, dass egal, was mit Derek passiert, Viv da ist. Und das gibt mir den Mut, den nächsten Schritt zu wagen.
Ich lächle, als Viv mir das Bild von Cassie schickt. Diese kleine, wundervolle Seele hat ein echtes Kunstwerk gezaubert. Ein kunterbuntes Durcheinander aus Farben, Herzen und schiefen Buchstaben, die irgendwie meinen Namen darstellen sollen. Ich erkenne mich auf dem Bild: blaue Augen, eine rote FBI-Marke in der Hand, ein breites Lächeln. „Das ist meine Tanti Mia, sie fängt böse Menschen", hat Cassie drunter geschrieben.
Mein Herz macht einen kleinen Hüpfer.
Ich spüre, wie sich Wärme in mir ausbreitet.
Diese Momente, so klein sie auch scheinen, bedeuten mir mehr, als ich jemals in Worte fassen könnte.
Ich schreibe zurück: „Sag ihr, dass ich es aufhänge. Direkt über meinem Bett. Und dass ich sie liebhabe."
Wir schreiben noch ein wenig über Cassie. Wie sie derzeit Glitzerkleber zu ihrer Lebensaufgabe erklärt hat und plötzlich total verrückt nach Dinosauriern ist. Ich schmunzle bei

jedem neuen Satz. Viv ist so präsent, so voller Leben, so echt. Ich kann gar nicht in Worte fassen, wie dankbar ich für sie und Yannic bin. In einem Leben, das sich oft anfühlt wie ein Drahtseilakt über einem Abgrund, sind die beiden mein Sicherheitsnetz.
Die Tatsache, dass sie mich zur Patentante ihrer Tochter gemacht haben, hat mir ein Stück Normalität geschenkt. Ein Gefühl von Zugehörigkeit. Und Liebe. Etwas, das mir sonst oft fehlt.
Irgendwann verabschieden wir uns. Ich lege das Handy beiseite und kuschle mich unter die Decke.
Doch Schlaf will sich nicht so recht einstellen. Stattdessen wandern meine Gedanken zurück zu ihm.
Derek.

Ich höre noch immer das leise Klirren von Metall, das Rattern der Werkzeuge aus der Werkstatt unter mir. Er arbeitet noch, wahrscheinlich an dem alten Chevy, der da steht wie ein Denkmal vergangener Zeiten. Irgendetwas scheint auch ihn nicht loszulassen. Ich weiß, dass dieser Kuss nicht nur mir unter die Haut gegangen ist.
Ich denke an den Moment zurück. Wie nah wir uns waren. Wie sein Blick sich für einen Wimpernschlag in mich vergraben hat, als wolle er mich lesen, verstehen, durchdringen. Und dann dieser Kuss… warm, langsam, echt. Nicht überstürzt, nicht falsch, einfach richtig. Ich habe mich in seinen Armen sicher gefühlt. So sicher, dass es mir fast Angst macht.
Das ist neu für mich. Beängstigend neu.

Ich drehe mich auf die Seite und starre ins Halbdunkel meines Zimmers. Ich spüre noch immer seine Nähe, die Berührung seiner Lippen auf meinen.
Es fühlt sich fast surreal an, und doch ist da dieser leise Wunsch in mir, dass es mehr war als nur ein Moment. Dass es vielleicht... ein Anfang war.
Unten höre ich, wie Derek eine Schublade zuschiebt, das leise Brummen eines Motors.
Wahrscheinlich testet er etwas am Chevy. Ich frage mich, ob auch er gerade an mich denkt.
An uns. An das, was passiert ist.
Ich schließe die Augen. Vielleicht werde ich diese Nacht nicht besonders gut schlafen. Aber zum ersten Mal seit langer Zeit fühlt sich das nicht schlimm an. Vielleicht ist es sogar ganz schön, dieses leichte Kribbeln im Bauch, dieses zarte Chaos im Kopf.
Und vielleicht lasse ich diesmal jemanden ein kleines Stück näher an mich heran.

In der dämmrigen Stille der Werkstatt hallt nur das gelegentliche metallische Klicken von Werkzeugen wider. Derek beugt sich über den Motor des alten Pick Ups, die Stirn glänzt leicht vom Schweiß, seine Hände sind geübt, präzise, doch seine Gedanken schweifen immer wieder ab. Immer wieder landet er bei ihr. Bei Mia.
Er kann einfach nicht aufhören, an diesen Kuss zu denken. An die Wärme ihrer Lippen, an das leise Einatmen, als ihre Körper sich so nah waren, dass kein Zweifel dazwischen passte. Und an den Moment danach. Dieser

Sekundenbruchteil, in dem sie sich nur angesehen haben, als hätten Worte plötzlich keine Bedeutung mehr.
Derek legt das Werkzeug beiseite und richtet sich auf.
Für einen Moment starrt er ins Leere, als könnte er dort eine Antwort finden. Wohin soll das führen? Er weiß es nicht.
Er hat sich längst geschworen, niemanden mehr so nah an sich heranzulassen.
Zu viel Vergangenheit, zu viele Wunden. Und doch… mit Mia fühlt es sich anders an.
Sie sieht ihn. Nicht nur das, was er zeigt, sondern das, was er nicht sagen kann.
Er fährt sich mit der Hand durchs Haar und atmet tief durch. Vielleicht will er mehr. Vielleicht hat er das schon länger gewollt, ohne es sich einzugestehen. Vielleicht will er endlich wieder jemanden an seiner Seite. Ein stilles Lächeln huscht über sein Gesicht. Es ist nicht laut, nicht überschwänglich, aber ehrlich. Wie ein vorsichtiger Anfang.
Er löscht das Licht in der Werkstatt, geht in sein Schlafzimmer, lässt die Arbeit hinter sich. Die Dusche ist kurz, fast beiläufig, seine Gedanken sind längst woanders.
Als er ins Bett sinkt, ist die Matratze kühl, das Zimmer still.
Aber in seinem Kopf hallt noch immer dieser Moment nach, in dem alles möglich schien.
Mit geschlossenen Augen sieht er Mias Gesicht vor sich.
Und in seinem Brustkorb breitet sich eine Wärme aus, die er fast vergessen hatte.
Er schläft ein. Mit einem leisen Lächeln und dem Gefühl, dass er vielleicht doch nicht mehr ganz allein ist.

Fünf Minuten Dunkelheit

Als ich die Augen öffne, ist es das erste Mal seit Tagen, dass ich mich wirklich ausgeruht fühle.
Ich strecke mich langsam, lasse meinen Blick durch das Zimmer wandern, das mir immer noch fremd vorkommt, aber nicht mehr unangenehm. Irgendetwas hat sich verändert.
Vielleicht war es der Kuss, vielleicht war es Dereks Nähe. Vielleicht beides.
Ich richte mich auf und schlüpfe in meine Sachen. Als ich die Tür öffne, strömt mir der Duft von frischem Kaffee und Rührei entgegen. So vertraut und heimelig.
Ich gehe in die Küche, und da steht er: Derek. Barfuß, das Haar zerzaust, ein T-Shirt, das ihm leicht von der Schulter rutscht, während er zwei Tassen Kaffee einschenkt.

„Guten Morgen“, sage ich, noch mit etwas Schlaf in der Stimme, aber ein echtes Lächeln auf den Lippen.
Er sieht auf, sein Blick weich, fast ein wenig verschlafen. „Morgen“, erwidert er und reicht mir die dampfende Tasse. „Ich hoffe, du hast gut geschlafen. Ich dachte, ein richtiges Frühstück kann nicht schaden, bevor wir uns den neuen Infos widmen.“
Ich nehme den Kaffee dankbar entgegen und setze mich ihm gegenüber. Es ist ruhig zwischen uns. Angenehm ruhig.
Kein Krampf, kein Zwang. Nur das leise Brutzeln aus der Pfanne und das dumpfe Ticken der Küchenuhr.

Dann beginnt er zu erzählen.
„Meine Leute haben sich gestern die Gegend angesehen, die wir auf der Karte markiert hatten“, sagt er, während er uns Frühstück auf die Teller verteilt. „Zwei von ihnen haben verdächtige Bewegungen bemerkt. Männer mit schwarzen Kapuzen. Die Kameras sind nicht die Besten, aber einer meiner Kontakte konnte trotzdem ein paar Screenshots sichern. Keine klaren Gesichter, aber die Haltung, die Art, wie sie sich bewegen es schreit förmlich nach den Schatten.“
Ich nicke langsam, während ich einen Bissen nehme, aufmerksam, aber innerlich wachsam. „Und Jenkins?“
„Marc, ein alter Freund, wir waren gemeinsam beim Militär, arbeitet als Sicherheitsmann in einem alten Bürokomplex, etwas außerhalb der Stadt. Dort ist es in letzter Zeit unruhig geworden. Türen stehen offen, obwohl keiner drin war. Bewegungsmelder springen an und wieder aus. Und Marc meinte, er hat Stimmen gehört, mitten in der Nacht. Gedämpft. Wütend.“
Ich lege meine Gabel beiseite. „Er glaubt, Jenkins ist dort?“
„Er sagt, es fühlt sich so an. Und ich vertraue ihm Er ist kein Typ, der sich irgendwas einbildet.“
Ich spüre, wie sich eine Mischung aus Anspannung und Hoffnung in meiner Brust zusammenzieht.
Es ist gefährlich. Aber es ist auch die erste echte Spur.
„Dieser Komplex“, fahre ich leise fort, „wie gut kennst du ihn?“
„Gut genug, um zu wissen, dass er ein verdammtes Labyrinth ist. Viele leerstehende Räume, alte Technik, und mehr

Möglichkeiten für eine Falle, als mir lieb ist."
Ich sehe ihm in die Augen. Da ist etwas in seinem Blick. Entschlossenheit, aber auch Sorge. Nicht nur um Jenkins. Um mich.
„Dann müssen wir vorsichtig vorgehen", sage ich. „Aber wir können nicht warten. Wenn sie ihn wirklich dort haben, läuft uns die Zeit davon."
Derek nickt. „Wir machen einen Plan. Kein Alleingang. Kein Risiko, das wir nicht vorher abwägen. Du und ich, wir machen das zusammen."
Für einen Moment sage ich nichts. Ich nippe an meinem Kaffee, sehe aus dem Fenster, wo das frühe Morgenlicht sich über den Horizont zieht.
Zusammen.

Nach dem Frühstück sitzen wir noch einen Moment in der Küche, als ich das dumpfe Geräusch von schweren Schritten auf dem Kies höre.
Kurz darauf öffnen sich die Türen zur Werkstatt, und zwei Männer treten ein. Entschlossen, kräftig, mit einem Blick, der keine Fragen stellt.
Marc und Harry.
Ich erkenne sie sofort, obwohl wir uns noch nie begegnet sind. Ihre Haltung, ihre Ruhe, ihr Blick.
Soldaten durch und durch. Die Art, wie sie Derek zunicken, ist wie ein stummes Band zwischen ihnen, das jahrelange Einsätze, Narben und Verluste verbindet. Ich stehe auf und reiche beiden die Hand.
„Mia", stelle ich mich vor.

Marc, der größere von beiden, mustert mich kurz, dann nickt er. „Hab schon von dir gehört."
Harry, etwas schlanker, mit scharfem Blick und geschickten Fingern, lächelt leicht. „Wir sind froh, dass du dabei bist."

Wir setzen uns an den großen, ölverschmierten Arbeitstisch in der Werkstatt.
Derek verteilt Karten, Ausdrucke und Marc öffnet auf seinem Tablet die Pläne des Bürokomplexes.
„Das hier", sagt er und deutet auf eine verwinkelte Etage, „ist meiner Meinung nach der kritischste Bereich. Die Kameras dort sind aktiv, aber veraltet. Wenig Personal, aber schwer
einsehbar. Wenn Jenkins dort ist, wird er sich in einem der unteren, fensterlosen Räume befinden."
Harry lehnt sich vor, fingert an einem kleinen, zusammengebauten Gerät. „Ich kann die Kameras vor Ort manipulieren. Kein Hightech, aber sie senden Signale. Wenn ich nahe genug drankomme, kann ich sie stören. Fünf Minuten Schwärze, vielleicht, mehr wird schwierig."
Ich höre aufmerksam zu, lasse meinen Blick über die Pläne gleiten, stelle Fragen.
Wer patrouilliert wann? Gibt es Bewegungssensoren? Wie viele Fluchtwege haben wir?
Derek sieht mich an. „Mia", sagt er schließlich. „Bist du bereit, mitzukommen? Es wird nicht leicht. Aber ich denke, wir haben eine echte Chance, Jenkins zu finden."
Für einen Moment ist es still. Ich spüre ihre Blicke auf mir.

Marc, der mit ernster Miene auf den Plan schaut. Harry, der kurz von seinem Gerät aufblickt. Und Derek, der mir keine Angst machen will, aber ehrlich mit mir ist.
Ich nicke. „Ich bin dabei."
Es gibt keinen Zweifel. Ich kann Jenkins nicht im Stich lassen. Und wenn Derek diesen Männern vertraut, dann tue ich das auch.
„Gut", sagt Derek, erleichtert. „Dann machen wir uns bereit."

Marc zieht sein Tablet näher und zeigt uns Fluchtwege, Zugänge, tote Winkel. Währenddessen überprüfe ich mein Equipment. Meine Waffe, mein Funkgerät, meine Weste.
Harry und Marc fahren voraus, um die Kameras vorzubereiten, die Gegend zu checken und die Wege zu sichern. Derek und ich bleiben noch kurz zurück.
Als wir das Haus verlassen und in seinen Wagen steigen, wirft er mir einen kurzen Blick
zu. „Alles okay?"
Ich nicke, sehe in den Rückspiegel, wo die Werkstatt langsam kleiner wird. „Ich bin bereit."
Der alte Bürokomplex wirkt von außen verlassen, wie ein Ort, an dem die Zeit längst aufgegeben hat. Doch ich weiß, was sich hinter diesen zerbrochenen Fenstern verbirgt. Schmerz. Schreie. Und Jenkins.

Derek fährt ruhig, fast zu ruhig. Ich spüre die Anspannung in seinem Kiefer, sehe den Fokus in seinen Augen, als wir in eine Seitenstraße einbiegen und den Wagen zwischen zwei rostigen Containern parken. Der Himmel hängt schwer über uns, das Licht grau und müde.

„Harry und Marc sind drin. Sie haben das Kamerasystem kurzzeitig ausgeschaltet. 5 Minuten, das ist unser Fenster“, sagt Derek leise, als wir aussteigen. Ich nicke nur und überprüfe ein letztes Mal meine Ausrüstung.

Als wir uns dem Gebäude nähern, spüre ich, wie sich mein Herzschlag beschleunigt. Der Gedanke daran, Jenkins da drinnen zu finden. Allein, verletzt, gebrochen. Das treibt mich voran.

Innen ist es düster. Der Geruch von Schimmel, kaltem Metall und etwas anderem, etwas Bitterem, hängt in der Luft. Chemie vielleicht. Blut. Die Schatten wissen, wie man Menschen zerbricht.
Wir schleichen durch die Gänge, folgen Harrys Stimme über den Funk. Marc wartet im Keller auf uns, wo sie Jenkins gefunden haben. Raum C-17.
„Zwei Bewacher, Tür ist alt, kein elektronisches Schloss", flüstert Harry ins Mikro. „Ihr müsst schnell rein, bevor jemand Verstärkung holt."
Als wir die letzte Treppe hinuntersteigen, sehe ich Marc im Halbdunkel. Er gibt uns ein kurzes Nicken. „Er ist drin. Schwer verletzt. Er bewegt sich kaum. Sie haben ihn richtig übel zugerichtet."
Mein Magen zieht sich zusammen.
Wir positionieren uns an der Tür. Derek zählt mit den Fingern. Drei. Zwei. Eins.
Er tritt die Tür auf.
Ich gehe zuerst hinein, Waffe im Anschlag. Die beiden Schatten sind überrascht, einer greift zur Waffe. Zu spät. Derek schaltet ihn aus, während ich den anderen mit einem gezielten Schuss ausschalte. Sekunden später ist es still.
Und dann sehe ich ihn.
In der Ecke, an eine alte Heizung gekettet, liegt ein Mann. Abgemagert, blutverschmiert, seine Kleidung zerrissen. Sein Gesicht ist geschwollen, eine Schnittwunde zieht sich über seine Stirn, getrocknetes Blut in den Bartstoppeln. Er blinzelt gegen das Licht, das durch die offene Tür fällt, hebt mühsam den Kopf.

Ich gehe langsam auf ihn zu, knie mich hin.
„Jenkins?“ frage ich leise.
Seine Augen fixieren mich, voller Misstrauen und Angst.
„Wer… wer sind Sie?“
Ich schlucke. „Ich heiße Mia Sanchez, ich bin vom FBI. Wir sind hier, um Sie da rauszuholen.“
Er versucht, sich aufzurichten, sackt aber wieder zusammen. „Ich dachte das hier hört nie auf.“
Ich sehe zu Derek, der bereits das Schloss an den Handschellen knackt. Die Ketten fallen klirrend zu Boden. Jenkins zittert am ganzen Körper.
„Ich kann... nicht laufen“, flüstert er. „Sie haben mir das Bein. Ich… ich weiß nicht, ob es gebrochen ist.“
„Dann trägst du ihn“, sagt Marc knapp zu Derek, der sofort nickt.
Ohne zu zögern beugt er sich hinunter und hebt Jenkins hoch, vorsichtig, aber bestimmt.
Ich sehe, wie Jenkins versucht, sich zu wehren, sein geschundener Körper verspannt sich.
„Was... was, wenn ihr auch einer von denen seid?“
„Wir holen dich hier raus. Mehr musst du gerade nicht wissen“, sage ich leise, fest. „Vertrau uns einfach.“
Er sieht mich an, nicht überzeugt, aber zu schwach, um weiter Widerstand zu leisten.
Wir haben nur Minuten, wenn überhaupt. Harrys Stimme knackt im Funk. „Bewegung im Obergeschoss. Zwei Zielpersonen nähern sich. Raus da.“
„Los“, zischt Marc, und wir rennen. Ich decke nach hinten ab, während Derek mit Jenkins auf dem Arm voranläuft,

jede Bewegung präzise und kontrolliert.
Adrenalin jagt durch meine Adern, aber unter der Hektik liegt etwas anderes. Ein brennendes Gefühl in der Brust. Wut. Mitgefühl. Und ein Versprechen, das ich innerlich gebe, als ich einen letzten Blick auf Jenkins werfe: Was auch immer sie dir angetan haben, wir bringen dich zurück. Und wir lassen sie dafür bezahlen.

Die Maske flackert

Wir treten hinaus in die Nacht.
Die kühle Luft schlägt uns entgegen, wie ein frischer Hauch Wirklichkeit nach der stickigen, bedrohlichen Enge des Gebäudes.
Für einen Moment halte ich inne, atme tief durch, während ich Jenkins neben mir beobachte. Seine Schultern heben und senken sich schwer, sein Gesicht ist bleich, gezeichnet von Schmerz und Erschöpfung, aber in seinem Blick liegt ein Schimmer von Erleichterung.
Wir haben ihn rausgeholt. Wir haben es tatsächlich geschafft. Und trotzdem weiß ich: Das hier ist nur der erste Schritt. Wir müssen ihn in Sicherheit bringen. Und dann müssen wir einen Weg finden, die Schatten endgültig zu stoppen. Bevor sie noch mehr zerstören.

Die Fahrt in die Berge zieht sich, aber wir sprechen kaum. Jenkins liegt auf der Rückbank, eingewickelt in eine Decke, sein Atem flach. Ich höre jede Bewegung von ihm. Ein leises Stöhnen, ein Husten, das Knirschen des Stoffes. Jeder Laut erinnert mich daran, wie dringend er Hilfe braucht.
Die Hütte liegt abgeschieden zwischen hohen Bäumen, verborgen und still. Als wir ankommen, wartet John bereits auf uns. Ebenfalls ein alter Freund von Derek.
Groß gewachsen, wettergegerbtes Gesicht, sanfte Augen. Er war Sanitäter bei der Army. Und wenn jemand weiß, wie man mit solchen Verletzungen umgeht, dann er.

„Bringt ihn rein“, sagt er knapp, aber ruhig, und nimmt Jenkins sofort ab, als wir durch die Tür treten. Gemeinsam legen wir ihn auf das schmale Bett in der Ecke. John beginnt sofort, ihn zu untersuchen. Ich sehe seine Stirn sich runzeln, als er die Blessuren begutachtet.
„Er ist in schlechtem Zustand“, murmelt er, während er routiniert Verbände und Salben vorbereitet, „aber ich kann ihn stabilisieren.“
Ich trete einen Schritt zurück, um Luft zu holen, lasse meinen Blick durch den Raum wandern.
Und da sehe ich es. Blut. An Dereks Arm.

Mein Herz setzt für einen Schlag aus. Ich bin sofort bei ihm. „Oh Gott, Derek du wurdest erwischt.“
Meine Stimme zittert, mehr als ich es zugeben möchte. Ich sehe die dunkle Spur, wie sie sich durch das zerschlissene Ärmelstück zieht. Für einen Moment fühlt sich alles wieder an wie früher. Zu viele Einsätze und zu viele Menschen, die wir verloren haben.
Derek sieht mich an, seine Augen weich, beruhigend. Und er lächelt. „Es ist nicht schlimm“, sagt er leise. „Nur ein Kratzer.“
Ich will ihm glauben, aber die Sorge lässt sich nicht so einfach abschütteln.
Ich sehe, wie das Blut noch tropft, wie sein Hemd daran klebt.
Er bemerkt meinen Blick, nimmt meine Hand und drückt sie leicht. „Ich bin okay, Mia“, wiederholt er. „Nur ein bisschen ramponiert, das ist alles. Nichts, was ich nicht schon mal hatte.“ Seine Stimme ist ruhig, fast liebevoll.
Ich nicke, langsam, aber mein Blick bleibt an der Wunde hängen. Erst als John zu uns herüberkommt und sich um Derek kümmert, lasse ich los.

Ich atme erleichtert aus, als John mir endlich sagt, dass es nur ein Streifschuss ist. Es fühlt sich an, als würde ein schwerer Knoten in mir sich langsam lösen. Die Anspannung, die sich in meinem Körper festgekrallt hatte, weicht, Stück für Stück. Ich hatte die Luft so lange angehalten, dass mein Brustkorb sich jetzt erst wieder richtig ausdehnt.

Mein Blick bleibt an Dereks Arm hängen, wo John bereits mit geübten Handgriffen die Wunde versorgt. Trotz seiner groben Hände arbeitet er ruhig, fast zärtlich. Man merkt, dass er das nicht zum ersten Mal tut.
Ich trete einen Schritt zurück, lasse den Moment auf mich wirken, lasse das Adrenalin langsam abklingen.
Ich sehe Derek an und kann mir ein schwaches, fast müdes Lächeln nicht verkneifen. „Siehst du? Ich habe doch gesagt, es ist nicht so schlimm", murmelt er, und doch höre ich das leichte Zittern in seiner Stimme. Denn auch wenn es „nur" ein Streifschuss war, bin ich froh, dass wir es alle geschafft haben.
Den Gedanken daran, dass ich ihn hätte verlieren können, versuche ich zu verdrängen.

Mein Blick wandert zu Jenkins. Er liegt auf der schmalen Pritsche, eingehüllt in eine Decke, das Gesicht fahl und gezeichnet. Er wirkt, als würde er in einem schmalen Spalt zwischen Bewusstsein und Ohnmacht schweben.
Irgendwo zwischen Schmerz und Erleichterung, zwischen Erschöpfung und der vagen Hoffnung, dass das Schlimmste vorbei ist. Sein Brustkorb hebt und senkt sich gleichmäßig, aber flach. Wenigstens das.
Ich bin unendlich erleichtert, dass wir ihn lebend hierhergebracht haben. Und doch kann ich nicht aufhören, darüber nachzudenken, was er durchgemacht haben muss. Wie viel Schmerz. Wie viel Angst. Was immer die Schatten mit ihm angestellt haben - er hat überlebt.
Und das ist ein verdammtes Wunder.

Ich sehe zu John, der jetzt die letzten Verbandsreste aufräumt. „Danke, John“, sage ich mit fester Stimme. „Wirklich. Wir schulden dir was.“
Und ich meine es so. Ohne ihn wären wir in dieser Nacht nicht nur mit einem Verwundeten mehr, sondern vielleicht auch mit einem weniger hier angekommen.

Dann richte ich meinen Blick auf Derek.
Da ist dieser Moment zwischen uns. Still, voller unausgesprochener Gedanken. Ich frage ihn: „Wie fühlst du dich?“ Meine Stimme ist weich, fast flüsternd. „Du hast heute viel durchgemacht.“
Ich sehe ihm ins Gesicht, suche nach Zeichen von Schmerz oder Schwäche, irgendetwas, das er mir vielleicht verheimlichen will. Aber er lächelt nur schwach, sagt, dass es ihm gut geht. Dass er erleichtert ist, weil wir Jenkins lebend gefunden haben. Aber ich sehe es trotzdem, dieses Funkeln in seinen Augen, das nicht Erleichterung ist, sondern Angst. Angst vor dem, was noch kommt. Und ich fühle sie auch.
Ich nicke langsam und lege ihm die Hand auf die Schulter. „Ich versteh dich“, flüstere ich. „Mir geht’s genauso. Aber wir haben das gemeinsam geschafft. Und wir werden auch den Rest durchstehen. Zusammen.“
Mein Blick wandert zu Jenkins. „Er ist jetzt in Sicherheit. Und das zählt.“
Jenkins hebt langsam den Kopf.
Seine Augen finden meine. Trüb, müde, aber wach. Ich kann kaum glauben, dass in diesem gebrochenen, gequälten Gesicht noch so viel Wille steckt. Aber er ist da.

Ich schenke ihm ein kleines Lächeln, das mehr sagen soll als Worte.
„Du bist jetzt bei uns, Jenkins. Und hier bist du sicher. Wir passen auf dich auf.“
Ich sehe wieder zu Derek und ich weiß, ich muss die Frage stellen, auch wenn ich die Antwort eigentlich kenne. „Bist du bereit, das hier weiter durchzuziehen?“ Es ist keine rhetorische Frage. Ich brauche sein Ja. Ich brauche seine Entschlossenheit, so wie er meine.

Er zögert einen Moment, dann nickt er. Doch ich sehe sofort, was ihn beschäftigt, weil es auch mich beschäftigt. Hale… und Green.
Sie werden bald erfahren, dass wir Jenkins haben. Und sie werden alles daransetzen, ihn zurückzubekommen oder zum Schweigen zu bringen.
Ich habe keine Ahnung, wie ich Hale begegnen soll, wenn es so weit ist. Wie ich ihm gegenübertreten kann, ohne dass mein Herz mir aus der Brust springt. Aber ich weiß, dass ich es tun muss.
Ich sehe Jenkins wieder an. Noch ist er nicht bereit zu reden. Noch ist er zu schwach. Aber bald wird er uns sagen können, was er weiß. Was er gesehen hat. Und dann wird alles einen neuen Lauf nehmen.
„Wir müssen warten“, murmele ich, mehr zu mir selbst als zu Derek. „Warten, bis er sprechen kann. Bis wir erfahren, was er durchgemacht hat.“ Ich spüre, wie er neben mir nickt. „Nur mit seiner Aussage können wir Hale und Green zu Fall bringen.“

Die Hütte ist still. Draußen rauscht der Wind durch die Bäume, als wollte er uns warnen, dass es noch nicht vorbei ist.
Jenkins schläft nun. Und obwohl wir fürs Erste nichts mehr tun können, fühlt sich das Warten wie ein stiller Kampf an. Ein Kampf gegen die Ungewissheit.
Und wir beten, dass dieser Ort, versteckt zwischen den dunklen Hängen der Berge, für einen Moment der Sicherheit reicht.

Die Gedanken kreisen in meinem Kopf, während ich zu Jenkins hinüberblicke. Er wirkt friedlich, beinahe, aber ich weiß, dass dieser Frieden trügt. Tief in ihm liegt noch all das, was er erlebt hat. Und wir brauchen seine Geschichte, seine Erinnerungen, seine Informationen. Ohne sie tappen wir weiter im Dunkeln.
Was Jenkins uns erzählen kann, ist nicht nur wichtig, es könnte entscheidend sein für alles, was noch kommt.
Für unsere nächsten Schritte, für die Möglichkeit, Hale und Green tatsächlich zu enttarnen. Aber im Moment bleibt uns nichts anderes, als zu warten.
Derek nickt, fast so, als hätte er meine Gedanken gelesen. „Ja“, sagt er ruhig, „wir müssen Geduld haben. Und hoffen, dass wir hier tatsächlich in Sicherheit sind. Was Jenkins weiß, das ist der Schlüssel. Wir können nicht vorschnell handeln, solange wir nicht wissen, womit wir es wirklich zu tun haben. Wir brauchen Fakten. Etwas, das wir gegen Hale und Green in der Hand haben.“

Er lässt seinen Blick durch die Hütte schweifen. Über die rustikalen Holzbalken, die einfache Einrichtung, das Notwendigste.
Und doch ist da eine Ruhe, eine Klarheit in seinem Blick.
„Ich denke, wir haben einen guten Ort gewählt. John wusste, was er tat. Die Hütte ist gut versteckt, und mit dem Sicherheitssystem, das er installiert hat, sind wir vorbereitet. Wir haben alles getan, was wir konnten. Jetzt müssen wir einfach durchhalten, bis Jenkins bereit ist, zu sprechen."
Er sieht mich an, und ein Lächeln huscht über sein Gesicht. Warm, ruhig, entschlossen.
„Wir schaffen das, Mia. Wir haben ein starkes Team. Und gemeinsam bringen wir sie zu Fall. Ich glaube fest daran."
Draußen patrouillieren Marc und Harry. Ich sehe sie durch die Fenster zwischen den Bäumen hindurch, wie sie sich lautlos bewegen, professionell, aufmerksam.

Es beruhigt mich, zu wissen, dass sie draußen sind und die Umgebung sichern. John bleibt bei uns, erklärt uns währenddessen ruhig und sachlich, wie das Sicherheitssystem der Hütte funktioniert: Bewegungsmelder, versteckte Kameras, ein rudimentärer Alarmmechanismus.
Nichts High-Techmäßiges, aber effektiv. Und vor allem: unauffällig.
Ich nicke. „Das ist gut zu wissen", sage ich. „Wir müssen sicher sein, bevor wir überhaupt daran denken können, Jenkins zu befragen.
Jeder Moment der Ruhe hier ist kostbar."

Dann wandert mein Blick zurück zu John, der sich erneut Jenkins zuwendet. Mit routinierter Sorgfalt überprüft er die Verbände, prüft seine Atmung, seinen Puls.
Ich trete näher und frage leise: „Wie sieht es aus? Wird er durchkommen?"
John sieht kurz zu mir auf, dann nickt er. „Ja. Aber er braucht Zeit. Und Ruhe. Sein Körper ist geschwächt, er hat Verletzungen, die nicht nur körperlich sind. Aber wenn wir vorsichtig sind, wenn wir ihn pflegen, dann kommt er durch. Ich bin mir sicher."
Ich atme tief durch und sehe wieder zu Jenkins, dessen Gesicht in das matte Licht der Lampe getaucht ist. Selbst jetzt wirkt er, als würde er jeden Moment zusammenbrechen, aber auch, als würde irgendwo in ihm noch dieser eine Funke brennen, der ihn am Leben gehalten hat.
„Wir lassen ihn nicht allein", sage ich. „Nicht eine Sekunde. Wir beschützen ihn, koste es, was es wolle."
Schließlich lasse ich mich auf die Bank am Fenster sinken. Meine Muskeln schmerzen, der Tag liegt schwer auf meinen Schultern.
Die letzten Stunden laufen wie ein Film vor meinem inneren Auge ab.
Der Einsatz, die Flucht, Jenkins' Zustand, Dereks Verletzung, der Weg durch den Wald. Ich merke jetzt erst, wie erschöpft ich wirklich bin. Wie leer.

Derek setzt sich neben mich, und ich spüre seinen Blick, bevor ich ihn sehe.

„Alles okay?“, fragt er leise. In seiner Stimme liegt diese besondere Mischung aus Sorge und Verständnis.
Nichts Aufdringliches, nur echtes Mitgefühl. Ich nicke, aber ich weiß, dass er die Wahrheit ohnehin sieht.
Er legt seine Hand auf meine Schulter, seine Wärme dringt durch den Stoff meiner Jacke, und für einen Moment beruhigt sie mich mehr als jedes Wort es könnte. „Wir haben es geschafft, Mia. Wir haben Jenkins gerettet.“
Ich blicke geradeaus, in die Dunkelheit jenseits des Fensters. „Ja“, sage ich leise. „Wir haben ihn. Aber wir wissen noch nichts. Nicht, wie tief er in der Sache steckt. Nicht, was er herausgefunden hat. Und wir wissen auch nicht, was Hale tun wird, wenn er erfährt, dass Jenkins lebt. Oder was mein Boss unternehmen wird, um uns zu stoppen.“
Derek drückt meine Schulter leicht, sein Griff ist ruhig, fest. „Wir werden es herausfinden. Jenkins wird reden, sobald er kann und wenn er es tut, dann werden wir wissen, was wir tun müssen. Bis dahin bleiben wir wachsam. Und vorsichtig.“

Ich drehe den Kopf, sehe ihn an und in seinem Blick liegt dieselbe Müdigkeit wie in meiner, aber auch diese stille Entschlossenheit.

Wie aufs Stichwort beginnt mein Handy zu vibrieren. Der Name, der auf dem Display erscheint, lässt mein Herz kurz aussetzen.

(SAC) Ryan Hale.

Ich spüre, wie sich meine Schultern anspannen, während ich das Gerät anstarre.
Harry hatte es vorhin in der Werkstatt gesichert. Keine Ortung, keine Verbindung zur Cloud, keine digitale Spur. Ich vertraue ihm. Ich muss ihm vertrauen.
Trotzdem schnürt mir der Anblick des Namens auf dem Display die Kehle zu.
Derek wirft mir einen Blick zu. Seine Stirn legt sich in Falten, als ich Hales Namen flüsternd ausspreche.
„Was will er?“, fragt er leise, sein Tonfall ruhig, aber ich sehe das Aufflackern von Sorge in seinen Augen. Er weiß, was dieser Anruf bedeuten könnte. Er ist erleichtert, dass Harry vorgesorgt hat, aber auch ihm ist klar: Bei Hale ist keine Vorsicht übertrieben.
Er hält meinen Blick und nickt knapp. „Geh ran“, sagt er leise. „Wir müssen wissen, was er will.“ Seine Stimme ist ruhig, aber angespannt. Er ist bereit, sofort einzugreifen, wenn etwas schiefläuft.
Ich atme tief durch, versuche, das Zittern in meinen Fingern zu unterdrücken, und nehme den Anruf entgegen.

„Hallo, Ryan“, sage ich, bemüht um einen neutralen Ton. „Ich wollte dich gerade anrufen.“
Ich spüre Dereks Blick auf mir, während ich spreche. Er beobachtet mich genau. Jede Bewegung, jedes kleine Zucken in meinem Gesicht. Ich weiß, dass er hören kann, wie ich versuche, ruhig zu klingen. Aber ich weiß auch, dass er die Anspannung in meiner Stimme nicht überhören wird.

Ich bin nicht gut im Lügen, schon gar nicht bei jemandem wie Hale.
Derek bleibt still, aber wachsam. Seine Augen bleiben auf mich gerichtet, als würde er mit bloßem Blick herausfinden wollen, was genau in mir vorgeht oder in Hale. Er kennt diesen Mann, vielleicht nicht persönlich, aber gut genug, um zu wissen: Er redet nie einfach so.
Und wenn er anruft, dann hat er etwas im Hinterkopf.
Ich höre Hale atmen. Er ist ruhig. Zu ruhig. Seine Stimme, als er endlich spricht, ist glatt und kontrolliert, aber ich höre das Misstrauen darin. Er stellt keine direkten Fragen, nicht sofort. Doch ich kenne ihn gut genug, um zu spüren, dass er testet. Mich abklopft.
Versucht, aus meinem Ton, aus meinen Worten etwas zu lesen, das ich nicht sage.

Ich merke, wie meine Gedanken rasen. Ich muss vorsichtig sein. Jeder Satz, jede Nuance zählt. Hale ist kein Mann, der sich täuschen lässt. Und er ist definitiv keiner, der es verzeiht, wenn man ihn unterschätzt.
Ich kann spüren, dass er etwas vermutet. Vielleicht nicht genau was, aber genug, um auf der Hut zu sein.
Derek verzieht kaum eine Miene, aber ich sehe das angespannte Spiel seiner Kiefermuskulatur. Er hofft, dass ich nichts Falsches sage. Dass ich Hale genug gebe, um ihn ruhig zu halten, aber nicht genug, um uns zu gefährden.

Das sterile Licht im Büro von Hale flackert leicht, als der Regen gegen die Scheiben peitscht.

Die Atmosphäre ist angespannt. Nicht nur wegen des Wetters.
Er sitzt an seinem Schreibtisch, das Telefon am Ohr, die Schultern angespannt. Seine Stimme klingt kontrolliert, beinahe beiläufig, aber seine Augen verraten ihn. Sie sind schmal, fokussiert, und unter der Oberfläche brodelt es. Die Muskeln an seinem Kiefer arbeiten unaufhörlich.
Er spricht mit Mia.
Nach außen hin wirkt er ruhig. Doch innerlich kocht er. Er weiß, dass Jenkins befreit wurde und alles in ihm schreit danach, dass sie dahintersteckt. Es passt einfach zu gut zusammen. Doch er hat keinen Beweis. Noch nicht. Und solange das so ist, muss er vorsichtig sein. Jedes falsche Wort könnte ihn verraten, könnte ihre Aufmerksamkeit auf das lenken, was er so sorgfältig verborgen hat.
Mia klingt am Telefon ruhig, fast ungerührt. Keine Unsicherheit, kein nervöses Lachen, kein Stolpern. Sie ist zu gut vorbereitet. Zu abgeklärt. Hale hasst das. Er versucht, ihre Stimme zu analysieren, zwischen den Zeilen zu lesen, doch sie lässt ihm keinen Spielraum.
Kein Fehler, kein Hinweis. Nichts.
Er lehnt sich leicht zurück, aber sein Blick bleibt hart.
Er weiß, dass er langsam die Kontrolle verliert. Und das bringt ihn aus dem Gleichgewicht.
Neben ihm steht Green.
Der Mann ist wie ein Raubtier kurz vor dem Sprung. Still, aber voller unausgesprochener Drohungen. Seine verschränkten Arme und der durchdringende Blick sprechen Bände. Er beobachtet Hale mit wachsender Ungeduld.

Seit Minuten sagt er kein Wort, aber seine Präsenz allein reicht, um den Druck spürbar zu machen.
Green will Ergebnisse. Er will, dass Mia „aus dem Weg" geräumt wird. Jetzt, nicht irgendwann. Seine Botschaft ist klar: Handle endlich.
Hale spürt das Brennen in seinem Nacken, den kalten Schweiß unter dem Kragen seines Hemdes. Er weiß, dass er handeln muss, dass jede weitere Verzögerung gefährlich ist. Für ihn. Für alles, was sie aufgebaut haben.
Aber er ist sich nicht sicher, wie viel Mia wirklich weiß. Und das macht sie so gefährlich. Ein einziger falscher Schritt, ein Wort zu viel, eine Andeutung zu offen und alles könnte zusammenbrechen.

Derweil in der Hütte.
Die Dielen knarren leise unter meinen Schritten, als ich mich mit dem Handy in der Hand vom Fenster wegdrehe. Ich telefoniere noch immer mit Hale, seine Stimme schneidet kühl durch die Leitung. Beherrscht, aber unter der Oberfläche brodelt es.
Ich spüre seine Anspannung wie Strom in der Luft, bei jedem Wort, das er sagt. Er versucht, die Kontrolle zu behalten. Doch ich kenne dieses Zittern in seiner Stimme. Er hat Angst.
Ein Teil von mir will weiter das Spiel spielen, so tun, als wüsste ich nichts. Den Ball flach halten. Zeit gewinnen.
Aber ein anderer Teil… ein größerer Teil… ist müde von all dem Versteckspiel. Von der Lüge. Von der Rolle, die ich spielen soll.

Mein Blick trifft Dereks. Er steht einige Schritte entfernt, verschränkt die Arme vor der Brust, beobachtet mich aufmerksam. Als hätte er erraten, was in mir vorgeht, nickt er kaum merklich. Dann formt er mit den Lippen stumm das Wort: „Vorsicht."

Ich weiß, was er meint. Wenn ich Hale jetzt die Wahrheit sage, wenn ich ihn mit dem konfrontiere, was ich weiß, dann gibt es kein Zurück mehr.

Ich nehme einen tiefen Atemzug, schließe kurz die Augen. Dann spreche ich.

„Weißt du, Ryan", beginne ich ruhig, aber fest, „ich wollte dich tatsächlich anrufen. Ich dachte, es ist an der Zeit, dass wir ehrlich miteinander sprechen."

Am anderen Ende herrscht einen Moment Stille. Ich kann förmlich hören, wie er aufhorcht.

„Ich weiß von Jenkins", fahre ich fort. „Ich weiß, dass er nicht einfach verschwunden ist. Ich weiß, was ihr ihm angetan habt. Und ich weiß, dass du, dass ihr, Dinge zu verbergen habt, die niemals ans Licht kommen sollen."

Meine Stimme bleibt ruhig, aber ich kann nicht verhindern, dass meine Enttäuschung hindurchklingt.

Die Wut. Der Schmerz. Nicht nur, weil Hale mich hintergangen hat, sondern weil ich ihm einmal vertraut habe. Vielleicht mehr, als ich mir eingestehen wollte.

Am Rand meines Blickfelds sehe ich, wie Derek sich aufrichtet, die Schultern leicht anspannt.

Er erkennt, dass ich den Pfad ohne Rückweg betrete. Und er ist bereit, mich aufzufangen, falls ich falle.

Am anderen Ende der Leitung höre ich, wie Hale scharf einatmet. Dann verändert sich seine Stimme. Sie wird kälter. Härter.
„Du weißt nicht, wovon du redest, Mia“, zischt er. „Du hast keine Ahnung, was auf dem Spiel steht. Du spielst mit Feuer.“
Ich lasse mich nicht einschüchtern. „Vielleicht“, antworte ich ruhig. „Aber wenigstens spiele ich nicht mehr blind.“
Plötzlich ist seine Stimme nur noch eine scharfe Klinge aus Wut. „Du hast keine Vorstellung, worin du dich da verstrickst. Wenn du klug bist, legst du das verdammte Telefon weg und tust, was man dir sagt. Du bist nicht die Heldin hier, Mia.“
Ich zucke nicht. Doch mein Herz hämmert. Er will mich einschüchtern, aber das bedeutet, ich habe ihn getroffen. Ich bin zu nah an der Wahrheit.
Derek sieht mich an und formt lautlos: „Pass auf.“
Ich nicke kaum sichtbar.
Ich weiß, wie gefährlich Hale ist. Ich habe es immer gewusst. Aber jetzt fürchte ich ihn nicht mehr.
„Du hast dich lange genug hinter deinem Titel und deiner Macht versteckt“, sage ich ruhig.
„Aber die Wahrheit kommt ans Licht. Früher oder später. Und glaub mir, ich werde dafür sorgen, dass das passiert.“

Ich beende das Gespräch, bevor er antworten kann.
Einen Moment lang ist es still in der Hütte. Jetzt weiß er es. Hale weiß, dass ich alles weiß.

Ich halte das Telefon noch immer in der Hand, obwohl das Gespräch längst beendet ist. Mein Daumen ruht über dem Bildschirm, unbewegt. Als hätte ein Teil von mir gehofft, es wäre nur ein Missverständnis gewesen. Aber das war es nicht. Ich habe ihn entlarvt. Ganz bewusst.
Und ich habe es ausgesprochen, jedes einzelne Wort, das ich so lange zurückgehalten habe.
Ich spüre seine Anspannung noch immer in meinem Ohr, als würde sie in der Luft hängen, dicht wie Nebel. Die Art, wie seine Stimme gezittert hat. Nicht vor Furcht,
sondern vor Wut. Wut darüber, dass ich ihm die Maske vom Gesicht gerissen habe.
Hale. Mein Vorgesetzter. Mein Mentor. Mein Freund.
Ich atme flach. Es tut weh, das einzugestehen. Noch mehr als der Verrat selbst. Denn da war mal etwas Echtes. Oder ich dachte, es wäre echt. Seine Unterstützung, seine Worte, sein Glaube an mich. All das hatte Gewicht. Ich habe ihm geglaubt. Ihm vertraut. Und jetzt? Jetzt ist er mein Feind
Der Schatten hinter dem Thron

Ein Teil von mir will weinen. Nicht aus Angst. Aus Trauer. Weil ich gerade etwas unwiderruflich verloren habe. Etwas, das nicht zurückkommt.
So viele Jahre an Loyalität – ausgelöscht in einem Moment der Wahrheit.
Derek steht neben mir, sagt nichts, aber ich spüre seinen Blick. Er ist da. Ohne Urteil, ohne Eile. Nur da. Ich bin dankbar dafür. Mehr, als ich sagen kann.
Langsam senke ich das Telefon.

Meine Finger zittern kaum merklich.
„Das war's", murmele ich. „Jetzt weiß er, dass ich alles weiß."
Derek nickt leise. „Und? Wie hat er reagiert?"
Ich schlucke. „Wie jemand, der merkt, dass er die Kontrolle verliert. Er war wütend. Unberechenbar."
Ich drehe mich zu ihm, mein Blick ernst. „Ich habe meinen Mentor entlarvt, Derek. Meinen Freund." Er sieht mich lange an. Dann sagt er ruhig: „Vielleicht war er nie dein Freund. Aber du bist ihm trotzdem treu geblieben. Bis zur Wahrheit."
Ich nicke langsam.
„Und jetzt?", frage ich. „Jetzt wird er Fehler machen", antwortet Derek. „Denn jetzt hat er Angst."
Ich sehe auf das dunkle Display meines Telefons. Mein eigenes Spiegelbild im schwarzen Glas. Und flüstere: „Und ich auch."
Aber diesmal werde ich mich davon nicht aufhalten lassen.
Ein leises Räuspern durchschneidet die angespannte Stille.
Ich drehe den Kopf. Marc und Harry sind zurück. Staub auf ihren Jacken, konzentrierte Gesichter. Sie treten durch die Tür, wachsam wie immer.

„Alles gesichert", sagt Marc knapp. Harry nickt nur, seine Augen scannen den Raum.
Dann richtet sich ihr Blick auf mich und auf Derek.
„Wie sieht's aus? Was ist hier passiert?", fragt Marc, den Ton professionell, aber mit einem Hauch Besorgnis.
Derek lässt langsam meine Schulter los.

Seine Hand war wie ein Anker inmitten des Chaos. Er schenkt mir ein kurzes, beruhigendes Lächeln, bevor er sich an die beiden wendet.
„Wir hatten gerade ein interessantes Gespräch mit Hale“, sagt er, die Stimme ruhig, aber mit einem deutlichen Unterton. „Er weiß, dass Jenkins lebt. Und er hat uns, oder besser gesagt Mia, ziemlich direkt gedroht.“
Sein Blick trifft meinen. Da ist Stolz in seinen Augen. Und Sorge.
Ich atme tief durch. „Er war aufgebracht, hat sich aber bedeckt gehalten. Ich weiß, dass er etwas ahnt, wahrscheinlich sogar, dass Jenkins in Sicherheit ist. Was ich nicht weiß, ist, ob er sicher weiß, dass ich es war.“ Meine Stimme ist ruhig, aber innerlich brodelt es. Die Nachwirkungen des Gesprächs lasten schwer.
Marc und Harry wechseln einen Blick. Dann nickt Marc langsam. „Das macht ihn gefährlich. Noch gefährlicher.“
Derek verschränkt die Arme. „Wie sieht’s draußen aus?“
„Ruhig“, sagt Harry. „Keine Bewegung. Wir haben ein paar zusätzliche Sensoren angebracht, die Umgebung mehrfach abgegangen. Wenn jemand kommt, wissen wir es früh genug.“

Derek nickt, dann schaut er mich an, als wollte er abgleichen, was als Nächstes kommt.

Ich spüre es genauso wie er, der Druck steigt. Die Zeit läuft. „Hale wird die Ressourcen des FBI einsetzen, um uns zu finden“, sage ich, mehr zu mir selbst als zu den anderen.

„Und Greens Leute... das sind keine Anfänger. Das sind ausgebildete Elitesoldaten. Wir sind zu viert. Jenkins ist nicht transportfähig. Wir können im Moment nichts ausrichten."
Derek nickt zustimmend. „Du hast recht", sagt er ernst. „Das hier ist keine Situation, in der wir angreifen können. Wir müssen uns neu aufstellen. Strategisch denken."
Er sieht zu Marc und Harry. „Wir brauchen einen Plan. Hierzubleiben ist zu riskant, aber kopflos zu verschwinden bringt uns auch nichts."
Er überlegt einen Moment, dann sagt er leise: „Ich kenne einen Ort. Ein altes Safehouse.
Früher mal genutzt, als ich... andere Aufträge hatte. Es ist abgeschottet, schwer zu finden. Keine digitale Spur."
Sein Blick gleitet zu mir zurück. „Was meinst du, Mia? Könnten wir uns dort neu sammeln?"
Ich zögere, sehe zu Jenkins. Er liegt noch immer ruhig, aber bleich und erschöpft. Jeder Atemzug scheint ihn Kraft zu kosten. Mein Blick wandert weiter zu John, der nahe bei ihm sitzt, wachsam, die Wunde weiterhin im Blick.
„Was sagst du, John?", frage ich leise. „Können wir ihn verlegen?"
John sieht auf. Sein Blick ist ernst, aber nicht hoffnungslos. „Es ist zu riskant", sagt er, „Er ist zu schwach und braucht Ruhe. Wir können ihn nicht noch mehr belasten. Wir müssen ihn hierlassen, bis er sich erholt hat."

Derek sieht aus, als hätte ihm jemand den Boden unter den Füßen weggezogen. Für einen Moment sagt er nichts.

Nur dieser eine, knappe Blick auf Jenkins reicht aus, um zu verstehen, dass sein Plan mit dem Safehouse
damit vom Tisch ist. Ich sehe, wie sich sein Kiefer anspannt, wie er leise flucht. „Verdammt“, murmelt er, seine Stimme rau vor Frust. „Ich dachte, das wäre unsere beste Chance gewesen…“

Er läuft ein paar Schritte durch den Raum, dann bleibt er stehen, atmet tief durch und sieht uns der Reihe nach an. Mich, Marc, Harry. Schließlich bleibt sein Blick bei mir hängen. „Okay“, sagt er, gefasster. „Planänderung. Wir können Jenkins nicht verlegen, also müssen wir ihn hier beschützen mit allem, was wir haben.“
Ich nicke langsam, auch wenn mir die Schwere dieser Entscheidung bewusst ist.
„Das heißt, wir müssen die Hütte zur Festung machen“, sage ich leise. „Wenn wir bleiben, dann nur, wenn wir wirklich alles absichern. Kein toter Winkel, keine Schwachstelle.“
Derek tritt näher an mich heran, seine Stirn in Sorgenfalten gelegt. „Was denkst du? Können wir das hier schaffen?
Oder ist das Wahnsinn?“
Ich spüre, dass er mir vertraut. Dass er will, dass ich ihm zuhöre und vielleicht sogar die Richtung vorgebe.

Ich blicke zu Marc und Harry, beide stehen ruhig da, wachsam, bereit. Zwei Männer, auf die ich mich verlassen kann. „Wir müssen kreativ werden“, sage ich. „Fallen, Bewegungsmelder, Beobachtungsposten.

Wir brauchen eine Art Frühwarnsystem, damit niemand auch nur in die Nähe der Hütte kommt, ohne dass wir es wissen."

Marc nickt zustimmend. „Ich kann noch ein paar mehr improvisierte Sensoren aufstellen.

Vielleicht auch ein paar Überraschungen für unerwünschte Besucher."

Harry schmunzelt schmal. „Hab noch ein paar Spielzeuge im Van. Wenn wir's richtig machen, merken die erst, was los ist, wenn's schon zu spät ist."

Ich sehe zu Jenkins, der noch immer ruhig daliegt. So blass, verletzlich. Und doch ist er unser Schlüssel. Unser Risiko. Unser Druckpunkt.

„Wir halten ihn hier", sage ich entschlossen. „Und wir halten uns bereit. Aber das bedeutet auch: keine halben Sachen mehr.

Wir müssen alles dokumentieren, alles sichern. Sobald Jenkins reden kann, brauchen wir jede Information doppelt abgesichert. Nichts darf verloren gehen."

Derek sieht mich an. Länger diesmal. Da ist Stolz in seinem Blick. Und auch diese unausgesprochene Frage: Bist du dir sicher, dass du das durchhalten kannst, Mia?

Ich bin mir nicht sicher. Aber ich werde es versuchen.

„Wir schaffen das", sage ich leise. „Nicht, weil wir müssen, sondern weil wir die Einzigen sind, die es können."

Eine enge, verlassene Gasse. Das Licht der flackernden Straßenlaterne reicht kaum bis zum Boden.

Müll weht über das nasse Kopfsteinpflaster, und in der Dunkelheit riecht es nach Verfall, Öl und altem Blut. Hier treffen sich nur jene, die nichts zu verlieren haben oder zu viel.

Hale wartet nervös im Schatten. Der Regen rinnt ihm über das Gesicht, aber es ist nicht die Kälte, die ihn zittern lässt. Es ist die Angst.
Gouverneur Green tritt als Erster aus dem Dunkel, begleitet von zwei breitschultrigen Männern in Anzügen. Er geht auf Hale zu, legt ihm die Hand auf die Schulter.
Ein harter, kontrollierter Griff.

„Beruhige dich, Hale“, sagt er leise, aber bestimmt. „Wir werden dich schützen. Wir werden Jenkins finden und zum Schweigen bringen. Du musst nur durchhalten.“
Hale nickt stumm, seine Augen flackern panisch.
Dann tritt eine dritte Gestalt aus den Schatten. Der Regen scheint ihn nicht zu berühren.

Carlo Duboix.
Ein Mann mit einer dunklen Vergangenheit und einer noch dunkleren Seele. Groß, schlank, mit einem Gesicht wie aus Stein gehauen. Seine Augen sind kalt und berechnend und sein Lächeln scharf wie eine Rasierklinge. Duboix strahlt eine Ruhe aus, die gefährlicher ist als jede Waffe. Der Anführer der Schatten, einer Untergrundorganisation, die früher zerschlagen wurde. Unter anderem durch einen gewissen Derek Thompson, der sich einst in ihre Reihen eingeschlichen hatte.
Doch Duboix hat überlebt. Und mit ihm eine Splittergruppe, die heute gefährlicher ist als je zuvor. Die Schatten arbeiten für den Meistbietenden. Aktuell für Gouverneur Harrison Green, um dessen Macht und politischen Aufstieg zu sichern.
Duboix bleibt stehen, seine kalten Augen auf Hale gerichtet.
„Wir müssen Jenkins finden, bevor er redet“, sagt er mit eiskalter Stimme. „Er darf nicht lebend in die Hände der Behörden fallen.“
Green nickt. „Meine Leute suchen bereits. Es ist nur eine Frage der Zeit.“

„Und wenn wir sie finden“, ergänzt Hale zitternd, „werden wir sie eliminieren. Jenkins… und alle, die ihn schützen.“
Doch seine Stimme ist brüchig, die Angst zu deutlich. Er weiß, dass er der Schwächste in diesem Dreieck ist und der Erste, der geopfert wird, wenn es nötig ist.
„Ich habe alles getan, was ihr verlangt habt“, flüstert er. „Ich habe Jenkins entführt… ihn verhört… ich wollte, dass er redet.“
Duboix’ Miene verzieht sich nicht. Aber seine Stimme ist wie ein Dolch.
„Und trotzdem hast du versagt. Jenkins ist entkommen. Und jetzt ist er bei Thompson.“ Hale zuckt zusammen, sein Blick fliegt zwischen den beiden Männern hin und her.
Green verstärkt den Druck auf Hales Schulter. „Du bleibst ruhig. Wir kriegen das wieder unter Kontrolle. Aber du wirst jetzt tun, was wir dir sagen! Ohne Zögern.“
Duboix richtet sich auf.
„Wir müssen Thompson finden und ausschalten. Ich habe noch eine Rechnung mit ihm offen. Holt ihn mir lebend. Ich will ihn selbst töten.“
Hale wagt es kaum zu sprechen, doch dann fragt er leise: „Und… was ist mit Mia?“
Ein gefährliches Leuchten tritt in Duboix’ Augen.
„Sanchez ist ein Problem, das wir noch nicht gelöst haben. Aber wir werden es. Wenn wir sie haben, haben wir auch Thompson. Er wird alles tun, um sie zu retten.“
Green nickt zustimmend. „Sie ist unsere Versicherung.“
Hale schluckt. Tiefer als zuvor. Er spürt, wie sich die Schlinge um seinen Hals weiter zuzieht.

Duboix tritt einen Schritt näher.
„Und du, Hale… du wirst uns helfen. Du wirst Thompson und Sanchez ausliefern. Oder du wirst das gleiche Schicksal erleiden wie sie."
Hales Kehle ist trocken. „Ich habe keine Wahl", murmelt er.
Green nickt.
„Nein, hast du nicht. Du weißt, was wir haben."
Duboix' Stimme gleitet über ihn wie eiskaltes Wasser.
„Beweise für deine Korruption. Geldflüsse. Vertuschungen. Tote, die du gedeckt hast.
Wenn das ans Licht kommt, bist du nicht nur deinen Job los. Dann bist du ein toter Mann."
Hale senkt den Blick. Angst, Scham, Resignation.
Er hat sich auf einen Pakt mit dem Teufel eingelassen. Und jetzt fordert der Teufel seinen Preis.

Fünf Jahre zuvor.

Damals war Ryan Hale ein aufstrebender Stern in der Bundesbehörde. Ehrgeizig, klug, zielstrebig. Ein Mann, der dachte, er könne das System verändern, ohne sich selbst dabei zu verlieren. Doch der Druck wuchs. Schulden, ein peinlicher Skandal mit internen Ermittlungen, und der drohende Karriereknick rissen ihn in eine Abwärtsspirale.
Er war am Boden…Bis Harrison Green auftauchte.

Green war zu dieser Zeit bereits eine Macht im Hintergrund. Kein Amt, kein Titel, aber jeder wusste:

Wer aufsteigen wollte, musste an ihm vorbei. Er hatte das Geld, die Kontakte, und er verstand es, Menschen zu kaufen, mit Versprechen, mit Angst, mit Schuld.
„Ich kann das alles verschwinden lassen, Hale“, hatte er damals gesagt. „Aber du wirst mir dafür loyal sein. Bedingungslos.“
Hale hatte keine Wahl. Er schlug ein, mit zitternder Hand und brennendem Gewissen. Was er nicht wusste: Es war keine helfende Hand gewesen, die sich ihm reichte. Es war ein eisernes Band, das sich um seinen Hals legte.

Carlo Duboix, der Schattenmann, trat schon damals aus dem Nichts, beobachtete Hales Schritte, prüfte seine Loyalität, stellte die Regeln auf. Er sprach nicht viel, aber wenn er etwas sagte, war es Gesetz. Wer sich Duboix widersetzte, verschwand. Einfach so.
Mit der Zeit wurde Hale tiefer in Greens Netz gezogen. Erst kleine Informationen. Dann verdeckte Operationen. Dann Vertuschungen.
Und schließlich: direkte Beteiligung an Entführungen und „Säuberungen“.
Er war kein Beamter mehr. Er war ein Werkzeug.
Doch Green selbst hatte ein größeres Spiel im Blick.

Vor zehn Jahren war Senator Kallex unter mysteriösen Umständen ums Leben gekommen.
Die Akte wurde nie richtig geöffnet.
Und Green, damals politischer Berater, sorgte dafür, dass auch das öffentliche Interesse verschwand.

Es war die erste Leiche in seiner politischen Karriere und bei Weitem nicht die letzte.
Mit Duboix' Hilfe schaltete Green Gegner aus, baute Erpressungsnetzwerke auf und sammelte kompromittierende Informationen wie andere Trophäen.
Sein Aufstieg zum Gouverneur war kein Zufall, sondern ein gezielt orchestrierter Machtzug, bei dem er die Regeln schrieb und alle anderen Figuren auf dem Schachbrett bloß Bauern waren.
Lobbyisten, Polizisten, Medienvertreter, Geschäftsleute. Alle tanzten nach seiner Pfeife.
Und wer nicht tanzte, verschwand.
Doch hinter allem flüstert ein dunkleres Gerücht. Etwas, das selbst Hale Gänsehaut bereitet, wenn er daran denkt.
Ein Flüstern von einer Organisation, älter als Ashwood City selbst, verborgen unter Schichten von Politik und Geld. Manche glauben, Green sei selbst nur eine Marionette.
Dass jemand, oder etwas, ihn steuert.
Aber was auch immer die Wahrheit ist: Green hat keine Grenzen mehr.
Er wird töten. Er wird lügen. Er wird alles opfern, um an der Macht zu bleiben.
Und Hale? Er weiß, dass es kein Zurück mehr gibt.

Green wirft Hale einen kalten, berechnenden Blick zu. „Thompson, Sanchez, Jenkins. Sie alle müssen sterben. Keine Zeugen, keine Probleme. Du wirst sie finden, und ich werde sie eliminieren. Verstanden?"

Hale nickt, seine Augen voller Angst. „Ja, ich verstehe.“
Um an Thompson heranzukommen, hat Mia zuvor seine Schwester aufgespürt. Über sie gelangte sie schließlich zu Derek, erzählt Hale. Duboix will genau diesen Weg nutzen, um sie zu finden.
Duboix’ Gesicht bleibt regungslos, doch in seinen Augen glimmt Interesse auf. „Die Schwester“, wiederholt er langsam. „Ein guter Ansatzpunkt. Wir können sie benutzen, um Thompson ausfindig zu machen. Hale, du wirst sie aufspüren und überwachen. Sobald Thompson mit ihr in Kontakt tritt, schnappen und beseitigen ihn.“ Dann wendet er sich an Green. „Ich kümmere mich persönlich um die Schwester. Sie wird unser Köder sein.“ Green nickt, sein Lächeln ist kalt und berechnend. „Gut. Ich will Thompsons Kopf auf einem Silbertablett. Und die Schwester... sie ist nur ein Mittel zum Zweck.“
Hale kehrt in sein Büro zurück. Alles wächst ihm über den Kopf. Er wollte nie, dass es so weit kommt.
Das Licht ist gedimmt, die Stadt draußen schläft oder tut zumindest so. Er starrt auf seine Hände, als könnte er nicht glauben, was sie alles getan haben. Gedanken wirbeln durch seinen Kopf: all die Menschen, die gestorben sind, all die Lügen, die er verbreitet hat, all die Morde, die er gedeckt hat.
Und dann ist da die Schwester. Sie ist jetzt in Gefahr, weil er sie benutzt hat, um Thompson zu finden.
Er fühlt sich wie ein Monster. Wie ein Mann, der seine Seele verkauft hat. Ein Schatten seiner selbst.

Er erinnert sich an die Zeit, als er noch ein junger, idealistischer Beamter war, getrieben vom Wunsch nach Gerechtigkeit und Ordnung. Jetzt ist er Teil des Problems, Teil jenes Systems, das er einst bekämpfen wollte.
Hale weiß, dass es keinen Weg zurück gibt. Er ist zu tief verstrickt, zu viele Leben kleben an seinen Händen. Er muss weitermachen, muss weiterhin tun, was Green und Duboix ihm befehlen. Aber innerlich spürt er: Der Druck wird ihn bald zerbrechen.

Und dann ist da Mia.
Er hatte nie eine Familie, nie Kinder. Der Job ließ nie Platz dafür. Aber Mia... für sie empfindet er so etwas wie väterliche Gefühle.
Sie ist nicht seine Tochter und doch fühlt es sich manchmal so an.
Er will sie beschützen.
Will verhindern, dass sie das volle Ausmaß seines Verrats zu spüren bekommt. Er weiß, dass es vermutlich zu spät ist. Aber er will es trotzdem versuchen.
Sie weiß längst alles. Das Verhältnis ist zerrüttet. Vertrauen? Zerschmettert. Und Hale weiß, dass sie ihm nie wieder glauben wird. Trotzdem, vielleicht, nur vielleicht, kann er sie retten.
Er erinnert sich an ihre Worte, kalt und voller Schmerz: „Du bist ein Lügner, Hale. Ein Verräter.“ Sie hatte recht.
Er hat sie enttäuscht. Und dennoch, in ihm brennt ein letzter Funke Hoffnung. Vielleicht kann er noch etwas wiedergutmachen. Für sie. Für sich selbst.

Langsam steht er auf, tritt ans Fenster und blickt hinaus in die Dunkelheit.
Hale fasst einen Entschluss, von dem er weiß, dass er ihn nie wieder zurücknehmen kann.
Er wird Mia retten, koste es, was es wolle.
Tief in sich spürt er, dass dieser Weg ihn das Leben kosten wird, aber er ist bereit, diesen Preis zu zahlen. Er ist müde. Müde von den Lügen, müde von der Korruption, müde davon, ein Schatten seiner selbst zu sein. Jetzt will er endlich die Wahrheit sagen, auch wenn es sein Ende bedeutet.

Er denkt an jenen Moment vor gut einem Jahr, als ein Agent der NSA ihn kontaktierte. Die Behörde war damals bereits dem Netzwerk von Green auf der Spur.
Hale hatte damals alles abgestritten. Kalte Lügen, professionell präsentiert, als wäre er nicht längst tief in der Sache verstrickt. Er war sich sicher, er könne alles kontrollieren. Doch der Agent war näher dran, als er es wahrhaben wollte. Und jetzt, ein Jahr später, erkennt er die ganze Tragweite: Der Informant, mit dem Jenkins sich treffen wollte, war genau dieser Agent. Derselbe Mann, den er damals belogen hatte.

Hale spürt, wie sich die Schlinge um ihn zuzieht. Von allen Seiten wird er bedrängt, von Green, von Duboix, von der Wahrheit selbst. Doch jetzt ist Schluss mit der Flucht.
Er weiß, dass er nicht länger lügen kann. Nicht länger schweigen.

Langsam greift er zum Telefon und wählt eine Nummer, die er seit Jahren nicht mehr angerufen hat. Eine Nummer, die ihn direkt mit jemandem verbindet, der ihm helfen kann.
Es dauert einen Moment, bis jemand abhebt. Hale sagt nur drei Worte: „Ich bin bereit.“ Kein Zurück mehr. Ab diesem Moment steht alles auf dem Spiel. Aber das ist ihm egal solange es Mia rettet und die Wahrheit ans Licht bringt.
Hale ist bereit, mit Agent Richards von der NSA zu sprechen. Bereit, ihm alles zu erzählen. Er weiß, dass es für ihn selbst keine Rettung mehr gibt, aber er hofft, dass er wenigstens Mia helfen kann.

Er holt tief Luft und greift zum Telefon. Mit zitternder Stimme sagt er, sobald Richards abhebt: „Ich bin bereit, alles offenzulegen. Ich will helfen, Green und sein Netzwerk zu stoppen. Ich weiß, dass ich nicht mehr zu retten bin, aber vielleicht kann ich den anderen noch helfen.“

Am anderen Ende der Leitung bleibt es einen Moment still, dann hört Hale die ruhige, bestimmte Stimme von Richards: „Ich bin hier, Hale. Erzählen Sie mir alles. Wir tun, was wir können, um sie zu schützen.“

Hale schließt die Augen. Und dann beginnt er zu sprechen.
Er erzählt von Green, von Duboix, von Jenkins, von Mia.
Von all den Lügen, den Morden, der Korruption.
Von seiner eigenen Schuld, seiner Verstrickung, seinem Versagen.

Als er geendet hat, fühlt er sich leer, aber auch ein Stück weit erleichtert. Er weiß, dass es kein Zurück mehr gibt. Doch vielleicht, nur vielleicht, kann er noch etwas Wiedergutmachung leisten. Vielleicht kann er Mia retten. Vielleicht einen letzten Rest seines Gewissens.
Agent Richards hört sich alles schweigend an. In seinem Kopf arbeitet es. Endlich, denkt er. Ich wusste, dass Hale tiefer in der Sache steckt, aber dass es so weit reicht… Hale ist ein gebrochener Mann, das ist offensichtlich. Doch genau das macht ihn jetzt nützlich.
Richards weiß, dass er Hale schützen muss, solange dieser mitspielt.
„Hale, ich danke Ihnen für Ihre Offenheit. Ich weiß, wie schwer das war. Aber ich muss ehrlich mit Ihnen sein: Eine Garantie auf Straffreiheit kann ich Ihnen nicht geben. Was ich aber tun kann, ist Hilfeleisten, aber nur wenn Sie kooperieren. Wenn Sie uns helfen, Green und sein Netzwerk zu zerschlagen, können wir Sie und Mia schützen. Sind Sie dazu bereit?“

Als Hale Green's Plan schildert, wird Richards‘ Tonfall noch ernster. „Thompson, Sanchez, Jenkins, alle sollen sterben? Keine Zeugen, keine Probleme?“ Er wiederholt die Worte fast ungläubig.
„Das ist ein Mordkomplott, Hale. Wir müssen sofort handeln. Ich brauche alles, was Sie wissen. Nennen Sie mir Namen, Zeiten, Orte. Wir müssen Thompson und die anderen schützen, bevor Green sie erreicht.“

Nachdem das Gespräch beendet ist, legt Hale langsam den Hörer auf. Eine bleierne Stille erfüllt den Raum. Er weiß, dass er soeben sein eigenes Todesurteil unterzeichnet hat. Sobald Green erfährt, dass er mit der NSA gesprochen hat, wird er ihn eliminieren lassen. Doch Hale ist bereit, dieses Risiko einzugehen. Für Mia. Für das letzte Fünkchen Anstand in seinem Inneren.
Er steht auf, tritt ans Fenster, schaut hinaus in die Nacht. Die kommenden Stunden werden alles entscheiden. Entweder er schafft es, Mia zu retten und Green zu Fall zu bringen oder er stirbt. Doch eines ist sicher: Er wird kämpfen. Für das, woran er einst geglaubt hat.

Plötzlich ein Geräusch.
Die Tür zu seinem Büro öffnet sich langsam. Ein Schauer läuft ihm über den Rücken. Und dann sieht er, wer hereinkommt…
Duboix. Ein kaltes Lächeln liegt auf seinen Lippen. „Hale… Ich habe gehört, du hattest ein interessantes Gespräch mit Agent Richards", sagt er mit triefendem Sarkasmus. „Ich bin überrascht. Ich hätte nicht gedacht, dass du so viel Mut aufbringst."
Hale spürt, wie sich Panik in ihm ausbreitet.

Duboix hat ihn enttarnt und er weiß, dass er kaum eine Chance hat, da heil rauszukommen. Er versucht, die Fassung zu bewahren.
„Was willst du, Duboix?" fragt er mit heiserer Stimme.
Duboix tritt näher, seine Miene hart und kalt. „Ich will dich.

Lebendig. Green will mit dir sprechen. Und ich denke, du ahnst, was er mit Verrätern wie dir macht.“ Er bleibt dicht vor Hale stehen, die Augen messerscharf. „Du hast dich gegen uns gestellt, Hale. Und du weißt, was das bedeutet.“

Nähe in der Dunkelheit

Ich sitze neben Jenkins auf dem Sofa in Johns Hütte.
Meine Hand hält seine fest, so fest, als könnte ich ihn damit in dieser Welt verankern. Seine Augen sind noch immer glasig, seine Haut fahl, aber ich sehe, wie er kämpft, versucht, bei Bewusstsein zu bleiben, für mich, für uns.
„Mia…“, flüstert er, kaum hörbar.
Ich beuge mich näher zu ihm, mein Herz schlägt schneller.
„Ja, Jenkins? Was ist los?“
Sein Blick wird ein wenig klarer, für einen Moment wirkt er ganz bei sich. Dann sieht er mich an, seine Augen voller Angst. „Duboix… er ist ein Monster“, sagt er leise, aber mit Nachdruck. „Wenn er uns findet, bringt er uns alle um.“
Ich drücke seine Hand fester. „Wir sind hier sicher. Derek ist hier, er passt auf. Du bist nicht allein.“
Er nickt schwach, aber ich sehe, dass die Angst bleibt. Etwas nagt an ihm, tiefer noch als die Erinnerung an die Folter.
Dann murmelt er: „Ich muss dir etwas sagen…“ Ich rücke näher, spüre, wie sich eine unbestimmte Unruhe in mir ausbreitet.
„Was ist es, Jenkins? Was willst du mir sagen?“
Er atmet flach, seine Stimme ein heiseres Flüstern. Und dann erzählt er mir von einem Mann namens Richards, einem Agenten der NSA.

Einem Mann, mit dem er sich treffen wollte, bevor die Schatten ihn gefunden und verschleppt haben.

Jenkins hatte Informationen gesammelt über Green, über all das, was unter der Oberfläche geschieht. Beweise. Namen. Verbindungen.
„Richards… er ist der Einzige, der uns helfen kann“, sagt er, und plötzlich ist da wieder dieser Funke Entschlossenheit in seiner Stimme. „Wir müssen ihn finden. Bevor es zu spät ist.“

Ich sehe zu Derek. Unsere Blicke treffen sich, und ich weiß, er denkt dasselbe wie ich.
Wir brauchen Hilfe, jemanden, der außerhalb dieses Albtraums steht. Wir rufen Harry an.
Wenn jemand einen Weg finden kann, Richards zu kontaktieren, dann er.
Harry hebt sofort ab. Seine Stimme ist leise, angespannt. „Ich verstehe. Ich kann es versuchen, aber es wird schwierig. Die NSA ist wie eine Festung, und wenn die Schatten nur den geringsten Verdacht schöpfen, dass wir mit ihnen Kontakt aufnehmen wollen… dann machen sie uns alle kalt.“
Derek nickt, obwohl Harry ihn nicht sehen kann. „Wir wissen, worauf wir uns einlassen. Aber wir haben keine Wahl.“
Am anderen Ende der Leitung höre ich ein kurzes Schweigen, dann sagt Harry: „Ich versuch’s. Aber ich brauche alles, was Jenkins weiß, jede noch so kleine Information über Richards, über das, was er gesammelt hat.“
Ich sehe Jenkins an. Seine Hand zittert, aber er nickt. Und dann beginnt er zu erzählen.

Alles, was er weiß. Alles, was er noch zusammenkratzen kann.
Harry kommt zurück zur Hütte und bereitet alles vor. Seine Finger fliegen über die Tastatur. Ich beobachte ihn, wie er einen Kanal nach dem anderen ansteuert, sich durch Proxy-Server, verschlüsselte Netzwerke und abgesicherte Tunnel klickt. Er arbeitet schnell, konzentriert, fast so, als würde er selbst nicht atmen, damit kein falscher Ton Aufmerksamkeit erregt. Die Schatten sind überall, das wissen wir alle. Und jede Nachricht, jedes Signal könnte das Letzte sein, das wir senden.

Dann ein Klicken. Ganz leise, fast unmerklich.
"Richards hier", sagt eine fremde Stimme, ruhig, kontrolliert.
Harry atmet hörbar auf. "Richards, hier ist Harry Lewis. Ich bin ein Freund von Jenkins. Wir haben Informationen über Green und sein Netzwerk. Wir brauchen Ihre Hilfe, um ihn zu stoppen."
Ein kurzer Moment der Stille.
Dann antwortet Richards: "Ich helfe Ihnen. Aber wir müssen vorsichtig sein. Die Schatten haben Augen und Ohren überall. Ich gebe Ihnen einen Treffpunkt. Dieser ist abgelegen, sicher. Aber Sie müssen allein kommen. Keine Waffen. Kein unnötiges Risiko."
Ich halte den Atem an.
Dann sagt Richards etwas, das mir den Boden unter den Füßen wegzieht.

„Hale hat bereits mit mir gesprochen", sagt er. „Er hat alles erzählt. Über Green. Über das Netzwerk. Über die Schatten. Er hat sich freiwillig an mich gewandt, um Ms. Sanchez und sie alle zu warnen. Um sie zu retten."
Ich starre Harry an. „Was? Hale?" Meine Stimme klingt fremd in meinen Ohren. „Er hat sich selbst verraten? Für mich?"
Richards' Stimme ist ruhig, fast sanft. „Er wusste, was das für ihn bedeutet. Aber er hat es trotzdem getan."
Ich kann es kaum fassen. Hale. Der Mann, von dem ich glaubte, er sei Teil dieses Alptraums. Und jetzt… das. „Warum?" flüstere ich. „Er hat doch alles zu verlieren…"
Derek tritt näher, seine Stimme leise. „Es sieht ganz so aus, als würde Hale wirklich alles riskieren, um dich zu schützen." Seine Augen treffen meine. „Wir müssen ihn finden. Bevor es zu spät ist."
Ich nicke langsam, aber in mir tobt ein Sturm. Zwischen Schock, Dankbarkeit und…
einem Anflug von Schuld. Ich wollte ihn vergessen. Jetzt will ich, dass er überlebt.
„Aber wie sollen wir Richards treffen?" frage ich. „Wir sind nirgends sicher. Und wir können Jenkins nicht allein lassen. Aber mitnehmen… das schafft er nicht. Er ist noch zu schwach."
Derek überlegt kurz.

Dann sagt er fest: „Ich werde John bitten, bei ihm zu bleiben. Er wird sich um Jenkins kümmern, seine Wunden versorgen. Er ist hier in der Hütte am sichersten."

Er sieht mich direkt an. „Ich werde mit Harry und Marc einen Plan machen. Wir bringen dich sicher zu Richards. Wir schleichen uns an den Schatten vorbei und wir holen uns die Wahrheit."
Ich schlucke. Seine Entschlossenheit gibt mir Kraft.
„Danke", sage ich leise.

Ich sehe Derek an und spüre, wie sich etwas in mir festigt. Ohne ihn, ohne sie alle, wäre ich längst zerbrochen. Aber vor allem er ist es, der mich trägt, wenn ich selbst nicht mehr weiß, wie. Wir haben nie über den Kuss gesprochen. Und vielleicht ist jetzt nicht der richtige Moment. Aber ich nehme mir vor: Wenn das hier vorbei ist, dann werde ich mit ihm reden. Ich will wissen, was es für ihn bedeutet. Denn für mich bedeutet es mehr, als ich mir eingestehen will.
Derek bemerkt meinen Blick. Ich sehe, wie sich seine Miene für einen Moment verändert, als hätte ich ihn überrascht. Vielleicht, weil ich nicht mehr nur die bin, die gerettet werden
muss. Vielleicht, weil ich ihn gerade wirklich ansehe. Und er mich.
"Wir werden das durchstehen, Mia", sagt er leise, seine Stimme fast sanft. "Wir treffen Richards, wir finden einen Weg, um die Schatten zu stoppen. Und danach... kümmern wir uns um uns."
Er stockt. Ich spüre, wie mein Herz für einen kurzen Moment aussetzt.
"Ich meine um deine Sicherheit… und um andere Dinge."

Sein Blick sucht meinen, und in dem Moment ist da plötzlich keine Hütte mehr, kein Krieg, keine Angst. Nur wir zwei. Nur dieses eine, ungefilterte Gefühl zwischen uns. Ich sehe das Flackern in seinen Augen, das Zögern. Und ich sehe, wie ein leichter Rotton seine Wangen färbt. Derek Thompson. Der Mann, der keine Miene verzog, als um ihn herum die Welt brannte. Wird rot. Wegen mir.

Er räuspert sich hastig, wendet den Blick ab. „Äh, ja, also… wir sollten uns auf den Plan konzentrieren“, sagt er und versucht, seine Stimme neutral zu halten. Es klappt nur halb.
Ich kann nicht anders, ich muss lächeln. Es ist echt. Zum ersten Mal seit Langem. Ich habe Derek noch nie so gesehen, so verletzlich, fast unbeholfen. Und es ist süß. Ich denke, ich kenne ihn besser, als ich dachte. Und vielleicht… vielleicht kennt er mich auch besser, als ich mir je erlaubt habe.

In diesem Moment tritt Marc in den Raum und zerreißt die stille Spannung zwischen uns.
"Okay, Leute, ich habe einen Plan", sagt er, klar und ruhig wie immer.
Er breitet eine Karte auf dem Tisch aus. Derek und ich treten näher, und ich zwinge mich, mich auf das Wesentliche zu konzentrieren. Jetzt zählt nur die Mission.
„Der Treffpunkt ist ein abgelegenes Waldstück, knapp 20 Meilen südlich. Keine Straßen, kein Empfang. Wir werden uns aufteilen. Zwei verschiedene Routen.

Falls jemand von uns verfolgt wird, bringen wir die anderen nicht in Gefahr."
Ich nicke. „Und Jenkins?"
„Bleibt mit John hier. Das Gelände ist abgeschirmt, die Hütte gut versteckt. Und John kennt sich mit Wunden aus, er wird sich um ihn kümmern", sagt Derek.
Ich blicke auf die Karte, die Linien, die Wege, die Gefahr. Zwei Tage bleiben uns. Zwei Tage, in denen wir uns bedeckt halten müssen. In denen die Schatten überall sein könnten.
„Wir bereiten alles vor", sagt Derek ruhig. „Aber bis dahin bleibt niemand allein. Keiner geht ohne Absicherung raus. Keine unnötigen Risiken."

Ich spüre, wie sich wieder dieser Knoten in meiner Brust zusammenzieht. Zwei Tage können lang sein. Zu lang, wenn man weiß, dass draußen etwas lauert. Etwas, das dich finden will. Aber ich bin nicht allein. Nicht diesmal.
Ich blicke zu Derek. Seine Schultern sind angespannt, aber sein Blick ist fest. Und ich weiß, dass er alles tun wird, um mich zu schützen.
Und vielleicht… tue ich diesmal dasselbe für ihn.
Derek und ich machen uns am Abend auf den Weg in die Stadt. Wir brauchen medizinische Vorräte für Jenkins. Verbandsmaterial, Schmerzmittel, Desinfektionsmittel. Max wird uns helfen.
Ich habe schon viel von ihm gehört. Ein alter Freund von Derek, früher Sanitäter, jetzt Arzt in einer kleinen Klinik. Jemand, der die Regeln beugt, wenn es sein muss.

Ein Freund, der nicht viele Fragen stellt, sondern einfach tut, was getan werden muss. Derek vertraut ihm und das genügt mir.
Wir werden über Nacht wegbleiben müssen. Die Fahrt ist lang, und zurück im Dunkeln durch die Wälder zu fahren, wäre zu gefährlich.

Derek sieht mich an und nickt. „Ja, es wird ein langer Tag. Wir sollten uns auf den Weg machen, bevor es zu spät wird. Wir übernachten in einem Motel und fahren morgen früh zurück."
Er öffnet die Beifahrertür für mich. Eine kleine Geste, fast beiläufig, aber irgendwie fühlt sie sich bedeutsam an. Als ich mich setze, spüre ich seinen Blick für einen Moment, spüre die Wärme seiner Nähe, bevor er die Tür schließt und um den Wagen geht.
Als er einsteigt, frage ich mich unweigerlich, was dieser Tag bringen wird.
Wir waren seit dem Moment in seiner Küche nicht mehr allein. Seit dem Kuss.
Seit diesem Moment, der alles verändert hat und über den wir seitdem nicht mehr gesprochen haben.
„Bist du bereit für den langen Tag?", fragt Derek und startet den Motor. Seine Stimme ist ruhig, kontrolliert. Wie immer.
Ich nicke. „So bereit, wie man sein kann, denke ich."

Er fährt los, konzentriert sich auf die Straße. Ich sehe ihn von der Seite an. Die angespannten Schultern, der angespannte Kiefer. Er sagt nichts, und ich auch nicht.

Aber die Stille zwischen uns fühlt sich an wie ein eigenes Wesen. Schwer, dicht, aufgeladen.
Ich frage mich, ob er an denselben Moment denkt. Ob er sich auch fragt, was geschehen wird, jetzt, wo wir allein sind. Und ich frage mich, warum ich so nervös bin.
Derek wirft mir einen kurzen Blick zu. Nur ein Augenblick, aber da ist etwas in seinen Augen, ein Zögern, ein Funke. Und dann ist es wieder weg. Er sagt nichts. Und ich auch nicht.
Vielleicht ist es besser so. Vielleicht ist jetzt nicht der richtige Moment.
Aber tief in mir weiß ich, dass wir irgendwann darüber sprechen müssen. Über den Kuss.
Über das, was zwischen uns ist. Nur… noch nicht heute. Noch nicht jetzt.

Ich lehne mich zurück und sehe aus dem Fenster, während der Wagen durch die Wälder fährt. Die Sonne steht tief, und das Licht flackert durch die Bäume.
Die Stunden im Auto waren von einer unangenehmen Stille durchzogen. Keine Musik, keine Gespräche, nur das leise Summen des Motors und das ständige Rauschen des Windes, der an den Fenstern vorbeizog.
Ich wollte etwas sagen, aber jedes Mal, wenn ich den Mund öffnete, verflog der Mut. Und Derek wirkte genauso in sich gekehrt.

Als wir schließlich an dem schäbigen kleinen Motel ankamen, war ich fast erleichtert, aus dem Auto zu steigen, auch wenn der Anblick des Gebäudes nicht gerade vertrauenerweckend war.

Derek parkt den Wagen und sieht mich an. „Ich denke, das ist das Beste, was wir hier finden können. Wir sollten uns ein Zimmer nehmen und uns ausruhen. Morgen früh werden wir Max treffen.“

Ich nicke wortlos. Als er mir die Tür öffnet, steige ich aus und folge ihm ins Motel.
Das Zimmer ist bescheiden. Ein schmales Bett, abgewetzte Teppiche, ein Nachtisch mit einer flackernden Lampe. Nichts Besonderes, aber immerhin sauber.
„Es ist nicht das Ritz, aber es wird reichen“, sagt Derek und sieht sich um. „Wir bleiben nur eine Nacht.“
Ich nicke erneut, aber mein Blick bleibt auf dem Bett haften. Nur eins. Natürlich.
„Wir können uns abwechseln, wenn du möchtest“, sagt er und versucht, die Stimmung aufzulockern. „Ich kann auf dem Boden schlafen.“
Ich sehe ihn an, will etwas sagen, doch die Worte stecken mir im Hals. Er merkt, dass ich unsicher bin und tritt näher.
„Hey, alles okay?“, fragt er leise und legt eine Hand auf meine Schulter.
Ich blicke zu ihm auf. Seine Augen sind weich, aufmerksam. Besorgt. „Wir können reden, wenn du willst“, fügt er hinzu. „Oder einfach nur schlafen. Was auch immer du brauchst.“
Ich schlucke. Meine Gedanken sind ein einziges Durcheinander. Ich will ihm nahe sein, aber ich weiß nicht, wie. Noch nicht. Noch nicht sicher genug.
„Tut mir leid, wenn ich dich unbehaglich mache“, sagt er schließlich und tritt zurück. „Ich wollte nicht…“
„Nein“, unterbreche ich ihn leise, „du machst nichts falsch.“
Er nickt langsam, als würde er es akzeptieren, aber nicht verstehen.

„Ich werde mich auf den Boden legen“, sagt er und zeigt auf die Stelle neben dem Bett.
„Du kannst das Bett haben. Ich werde dich nicht stören.“
Er legt sich hin, dreht sich zur Seite. Ich bleibe stehen, starre auf das Bett, lege mich hin, aber ich komme nicht zur Ruhe. Ich wälze mich hin und her, das Zimmer fühlt sich zu klein an, die Luft zu schwer. Ich höre Dereks Atemzüge. Ruhig. Geduldig.
Ich flüstere: „Derek?“
Ein Rascheln vom Boden. „Ja?“, kommt es leise zurück. Seine Stimme ist sanft. Wach.
„Kannst du dich… zu mir legen?“
Stille. Ein Atemzug. Vielleicht zwei.
Dann höre ich, wie er sich aufrichtet. Langsam. Vorsichtig.
„Bist du sicher?“, fragt er.
Ich drehe den Kopf und sehe ihn an. Sein Gesicht ist halb im Schatten, halb im matten Licht der Lampe. Aber seine Augen… die sind klar. Offen.
Ich nicke nur. Ein kaum sichtbares Nicken.
Aber er versteht.
Ohne ein weiteres Wort legt er sich neben mich. Nicht zu nah. Kein Körperkontakt. Nur seine Nähe. Seine Wärme.
Nach einem Moment dreht er den Kopf und sieht mich an.
„Bist du okay?“, fragt er leise und sucht meinen Blick.
Ich sehe ihn an und flüstere: „Nein.“ Dann wende ich mich ab.
Er zieht mich sanft zu sich heran, seine starken Arme schließen sich um mich. Ich kann seinen Herzschlag hören... gleichmäßig, beruhigend.

„Ich bin hier“, flüstert er. Seine Stimme ist sanft und voller Wärme. „Ich lasse dich nicht allein. Bei mir bist du sicher.“
Er hält mich fest, und ich spüre seinen Atem, seine Nähe, seinen Duft.
Der Rhythmus seines Herzens beruhigt mich, während ich mich an ihn lehne.
Nach einem Moment legt er seine Hand an meine Wange und dreht vorsichtig mein Gesicht zu sich.
„Was ist los, Mia?“, fragt er leise und sieht mir tief in die Augen. „Was macht dir Angst?“
Ich sehe ihn an, Tränen schimmern in meinen Augen.
„Ich weiß es nicht“, flüstere ich kaum hörbar. „Ich fühle mich einfach so... verloren.“

Er zieht mich noch enger an sich.
„Du bist nicht allein“, sagt er leise. „Ich bin hier. Ich werde dich nicht verlassen.“
Dann sieht er mir direkt in die Augen.
„Ich helfe dir, Mia. Wir gehen da gemeinsam durch, okay?“
Er wartet auf meine Antwort, während er meine Hand in seiner hält und sie sanft streichelt.
Ich sehe ihn an und hauche ein leises „Danke“.
Unsere Gesichter sind nur Zentimeter voneinander entfernt.
Er kann meinen Atem spüren, meine Nähe fühlen.

Einen Moment lang sagt er nichts, sieht mich einfach nur an. Dann flüstert er: „Ich bin immer für dich da, Mia. Immer.“

Seine Stimme ist kaum mehr als ein Hauch.
Er hält inne, als würde er auf ein Zeichen von mir warten.
Seine Augen ruhen auf meinen Lippen, und ich sehe, wie er sich fragt, wie es wäre, mich zu küssen.

Unsere Lippen treffen sich. Zaghaft zuerst, fast wie ein vorsichtiges Tasten.
Doch in dem Moment, in dem wir uns berühren, bricht etwas auf. Etwas, das lange geschwiegen hat.
Der Kuss wird tiefer, dringlicher. Es ist, als würden wir uns nicht zum ersten Mal küssen, sondern als hätten wir es unser ganzes Leben lang versucht, nur nicht gewagt.
Derek zieht mich an sich, fest, und doch sanft, als würde er Angst haben, ich könnte zerbrechen. Seine Arme schließen sich um mich wie ein Versprechen, und ich falle in sie hinein, mit allem, was ich bin.
Mein Herz pocht wild gegen seine Brust. Ich kann seinen Atem spüren, warm auf meiner Haut, seinen Herzschlag unter meinen Fingerspitzen.
Ich lege meine Hände um seinen Nacken, fahre durch sein Haar, vergrabe mich darin, während unsere Lippen erneut zueinanderfinden. Hungrig, verlangend, haltlos.
Die Welt um uns verblasst. Geräusche, Gedanken, Raum. Alles verschwimmt.
Nur noch wir.
Nur noch diese Hitze zwischen uns, dieses Beben unter der Haut. Es ist wie ein Rausch.
Ein Sturm, der mich mitreißt und in dem ich mich nicht verlieren will, sondern endlich finde.

Seine Hand liegt an meiner Wange, die Fingerspitzen streichen über meine Haut, als würde er mich zeichnen wollen. Ich atme seinen Namen, ganz leise, zwischen zwei Küssen. Mein Körper vibriert unter seiner Berührung, jede Faser schreit danach, näher bei ihm zu sein. Noch näher.
Ich richte mich auf, langsam, zögernd. Unsere Blicke verhaken sich, seine Augen sehen mich an, als wäre ich das Einzige, was auf dieser Welt noch Bedeutung hat.

Ich greife nach dem Saum meines Shirts, ziehe es über meinen Kopf, entblöße mich vor ihm, nicht nur körperlich, sondern in meiner ganzen Wahrheit. Ich habe keine Mauern mehr. Keine Angst.
Nur noch diese eine Gewissheit: Ich will ihn. Ganz. Jetzt.
Er hält den Atem an. Sein Blick gleitet über mich, nicht gierig, nicht fordernd, sondern ehrfürchtig. Als sähe er ein Wunder. Und in diesem Moment glaube ich ihm. Glaube, dass ich schön bin, weil er mich so sieht.

Mit zitternden Händen beginnt er, seine Kleidung abzulegen. Jeder Knopf, jede Bewegung ist durchdrungen von Bedeutung. Kein hastiges Entkleiden, kein eiliges Verlangen, sondern das stille Entfalten eines Gefühls, das zu groß geworden ist, um es zurückzuhalten.

Unsere Körper treffen sich. Haut an Haut. Wärme auf Wärme. Meine Finger tasten über seine Schultern, seinen Rücken, seine Brust. Ich will ihn spüren, auswendig lernen, begreifen, dass er wirklich hier ist.

Er küsst mich, am Hals, an den Schlüsselbeinen, tiefer, Jeder Kuss ist ein Wort in einer Sprache, die nur wir beide verstehen.
Als er in mich eindringt, stockt mir der Atem. Ein Laut entfährt meinen Lippen, leise, rau, fast ungläubig.
Ich winde mich ihm entgegen, schlinge meine Beine um ihn, presse mich an ihn, als könnte ich so verhindern, jemals wieder von ihm getrennt zu sein.
Er bewegt sich in mir. Langsam, tief, kraftvoll. Es ist kein Akt bloßen Verlangens.
Es ist ein Tanz, ein Gebet, eine Hingabe. Ich spüre ihn in jeder Zelle meines Körpers, in meinem Blut, in meinem Atem. Wir bewegen uns wie eine Welle, ansteigend, brechend, sich wiederfindend. Immer wieder.
Unsere Lippen suchen sich inmitten des Taumels. Unsere Stirnen berühren sich, unsere Blicke verfangen sich ineinander. Ich sehe in seine Augen. Sie sind weit, dunkel, brennend.

Meine Fingernägel graben sich in seine Haut, nicht um ihn zu verletzen, sondern um mich zu verankern in diesem Moment, der sich anfühlt wie die Ewigkeit.
Die Welt könnte untergehen, und ich würde es nicht bemerken. Denn ich lebe nur noch in ihm. In uns.

Das Beben beginnt tief in mir, zieht sich durch meinen Körper, wie ein Flügelschlag, der sich zur Explosion steigert.
Ich schreie leise, kaum hörbar, während ich komme und mich gleichzeitig öffne, wie nie zuvor.

Derek folgt mir, sein Körper zuckt, seine Bewegungen werden kurz, kraftvoll, dann bleibt er still, tief in mir, sein Atem vermischt sich mit meinem.

Wir liegen aneinandergepresst, schwer atmend, völlig erschöpft und doch lebendig wie nie. Mein Kopf ruht an seiner Schulter, meine Finger auf seiner Brust. Ich spüre sein Herz schlagen. Schnell, kraftvoll, schön. Er küsst meine Stirn, streicht mir eine Haarsträhne aus dem Gesicht.
„Wow", flüstere ich schließlich. Mehr bringe ich nicht heraus. Meine Stimme ist rau vor Gefühl.
Er lächelt, dieser kleine, weiche Ausdruck, den ich so sehr liebe. „Ich weiß, oder?" Seine Stimme ist ein Flüstern gegen meine Haut, ein warmer Strom, der durch mich fließt. Er zieht mich fest in seine Arme, hält mich, als könne er mich damit vor allem schützen. Und vielleicht kann er das. Für jetzt. Für diesen Moment. In diesem Universum, das nur aus uns besteht.

Ich schließe die Augen, atme ihn ein und lasse los. Wir liegen da, unsere Körper eng ineinander verschlungen, als könnten wir durch Nähe die Welt draußen zum Schweigen bringen.
Seine Haut ist warm an meiner, sein Atem streift sanft mein Gesicht, und unsere Herzen schlagen in diesem seltsamen Gleichklang, als hätten sie sich gesucht, lange bevor wir einander fanden.

Ein Soldat, der Frieden sucht

Derek sieht mich an, und in seinem Blick liegt etwas, das mich aufwühlt: Ehrlichkeit, unverhüllt und ungeschützt. Er lächelt kaum merklich, fast zaghaft, als würde er mit seinen Worten etwas Zerbrechliches berühren.
„Ich weiß, es ist vielleicht zu früh“, flüstert er, seine Stimme kaum mehr als ein Hauch,
„aber ich kann nicht leugnen, was ich fühle. Bei dir… bei dir fühle ich mich sicher, Mia.“
Ich blinzele, sein Geständnis rauscht wie warmer Wind durch mein Inneres. „Sicher?“,
wiederhole ich leise. „Was meinst du damit?“
Er zögert, sucht nach Worten, die nicht kitschig klingen, nicht zu groß, nicht zu klein.
„Ich meine… bei dir kann ich einfach sein. Ich muss nichts darstellen, nichts verstecken. Es fühlt sich an, als könnte ich durch dich atmen. Als wärst du der Ort, an dem ich ankomme, ohne mich dafür zu rechtfertigen.“
Etwas in mir vibriert bei diesen Worten. Ich kenne dieses Gefühl. Ich habe es gespürt, als seine Hand das erste Mal meine berührte, als sein Blick durch mich hindurchsah, nicht über mich hinweg. Als hätte er etwas in mir erkannt, was ich selbst kaum zu benennen wage.
Ich bette meinen Kopf an seine Brust, höre das ruhige Pochen seines Herzens. „Was denkst du über mich?“, frage ich leise, obwohl ich nicht sicher bin, ob ich die Antwort hören will.

Er streicht mit den Fingerspitzen über meinen Rücken, fast ehrfürchtig, als würde er Worte mit Berührungen formen. „Ich denke, dass du außergewöhnlich bist“, sagt er. „Stark. Klug. Wunderschön. Und mutiger, als du selbst glaubst. Ich… ich fühle mich zu dir hingezogen, auf eine Weise, die mich selbst überrascht.“

Ich hebe den Kopf, blicke ihm ins Gesicht. Sein Ernst nimmt mir den Atem. „Das ist ein ziemlich großes Kompliment“, murmele ich.

„Ich meine jedes Wort davon“, erwidert er schlicht. „Zwischen uns… das ist nicht nur

körperlich. Es fühlt sich an, als würden unsere Seelen flüstern, während unsere Körper schweigen. Als hätten sie sich lange vor uns erkannt.“

Ich schlucke. „Was ist es, was du siehst, wenn du mich ansiehst?“

Derek sieht mich nicht an wie andere. Sein Blick streichelt nicht meine Haut, sondern sucht nach dem, was darunterliegt. Nach dem, was ich zu verbergen versuche.

„Ich sehe… dich. Nicht die Fassade, nicht die Rüstung. Ich sehe die Frau, die sich hinter all dem verbirgt. Die, die kämpft und zweifelt. Die, die liebt, auch wenn sie es sich nicht erlaubt.“

Ich spüre, wie sich etwas in mir löst, ein Knoten aus Angst, Misstrauen, vielleicht sogar Schuld.

„Und was willst du von mir wissen?“, frage ich schließlich.

Er legt die Stirn leicht an meine. „Warum du mir erlaubst, dich so zu sehen. Warum du mich nicht wegstößt.“

Ich lächle schwach. „Weil du mich nicht ansiehst wie jemand, der etwas will. Sondern wie jemand, der etwas versteht.“
Er legt die Hand auf meine Wange, und in seiner Berührung liegt mehr Zärtlichkeit, als
ich je für möglich gehalten hätte. „Ich will dich nicht besitzen, Mia. Ich will dich begleiten.
Und sehen, wohin du wirklich gehörst. Vielleicht... vielleicht ist es ja genau hier.“
Ich schließe die Augen, lehne mich in seine Berührung. Zum ersten Mal seit langer Zeit
habe ich nicht das Bedürfnis, davonzulaufen.
Vielleicht..., weil ich angekommen bin. „Was ist es, das du von mir willst?“, frage ich, leiser, als ich es eigentlich wollte.
Derek sieht mich an und lächelt. Dieses Lächeln, das gleichzeitig so sanft und so ehrlich ist, dass es mir beinahe den Atem raubt. In seinen Augen liegt ein Glanz, der mich nicht loslässt.
„Ich will dich“, sagt er. „Ich will dich als Mensch, als Freundin… ich will deine Liebe.“
Für einen Moment halte ich den Atem an. So direkt. So ehrlich. Ich hatte nicht damit gerechnet, nicht in dieser Nacht, nicht auf diese Weise. Und doch, tief in mir weiß ich, dass ich das Gleiche will. Ich will ihn. Seine Nähe, seine Freundschaft, seine Liebe, alles, was er ist.

Er redet weiter, und in seiner Stimme liegt eine Wärme, die ich so nicht von ihm kannte.

„Wir haben uns in der Eliteeinheit kennengelernt", beginnt er. Und dann erzählt er von Marc, dem besten Scharfschützen, den er je gesehen hat. Von John, dem Sanitäter, der ihm mehr als einmal das Leben gerettet hat. Und von Harry, dem IT-Spezialisten, der jeden Computer knacken kann, als wäre es ein Kinderspiel.
Ich höre ihm zu, verliere mich in seinen Worten. In den Bildern, die er malt. Männer, die Schulter an Schulter gekämpft haben. Freunde, die füreinander durchs Feuer gingen. „Wir sind mehr als Kameraden", sagt er. „Wir sind eine Familie."
Er spricht weiter, seine Stimme wird ernster. Afghanistan. Eine Mission. Ein Ziel, das sie eliminieren mussten. Marc, der auf über 500 Meter traf. John und ihm, die den Rückzug absicherten. Harry, der ihre Kommunikation sicherte, den Feind blind machte. Ich sehe die Szene vor mir, als wäre ich dabei gewesen. „Das klingt… unglaublich", sage ich, weil mir kein besseres Wort einfällt. „Wie hast du dich dabei gefühlt?"
Er zögert. Etwas in seinem Gesicht verändert sich.
„Es war hart", sagt er. „Wir haben unsere Leben riskiert. Aber wir haben es geschafft. Und das zählt."
Ich nicke langsam. „Du musst sehr tapfer sein, um so etwas zu tun." Und ich meine es. Aber Derek schüttelt den Kopf.
„Es ist kein Mut", sagt er. „Es ist mein Job. Ich tue, was ich tun muss, um meine Männer zu schützen."
Ich sehe ihn an. Tiefer als zuvor. Und zum ersten Mal erkenne ich, wie viel Schmerz er wirklich in sich trägt.
Er ist nicht nur ein Soldat. Nicht nur ein Kämpfer.

Er ist ein Mensch.
Voller Gefühl. Voller Zweifel. Voller Vergangenheit.
Ich atme ein. Ich will es wissen. Ich muss es wissen.
„Warum bist du dann hier? Warum dieses Leben als Mechaniker, hier in Reaven´s Peak? Du hast die Schatten fürs erste gestoppt. Du hättest weitermachen können."
Er seufzt. Langsam. Schwer. Und in seinem Blick liegt auf einmal eine Traurigkeit, die mich tief trifft.
„Ich habe genug Blut gesehen", sagt er. „Ich wollte ein normales Leben. Eines, in dem ich nicht ständig um mein Leben fürchten muss. Ich wollte helfen, ohne zu töten."
Er zögert. Ich merke, wie schwer ihm jedes Wort fällt.
„Und… ich habe jemanden verloren. Jemanden, den ich sehr gemocht habe. Danach konnte ich nicht mehr kämpfen."
Ich halte den Atem an.
„Es war ein Junge. Zehn Jahre alt. Ich habe ihn bei einer Mission gerettet. Ich habe ihn wie meinen eigenen Sohn behandelt. Ich dachte, ich hätte ihm eine Zukunft gegeben."
Seine Stimme bricht fast.
„Aber als es wirklich darauf ankam, konnte ich ihn nicht beschützen. Ich habe versagt."
Ich sehe ihn an. Und in diesem Moment begreife ich, dass hinter seinem Schweigen ein ganzer Ozean liegt. Dass dieser Mann mehr verloren hat, als ich je verstehen kann.
Ich höre ihm zu, lasse jedes Wort in mich sinken. In seinen Augen liegt Schmerz, den ich nicht beschreiben kann, nur fühlen.

„Es tut mir leid", sage ich leise, und meine Stimme bricht beinahe. „Ich kann mir nur vorstellen, wie schwer das für dich gewesen sein muss."
Derek nickt langsam. Seine Augen bleiben auf dem Boden haften, als hätte er Angst, dass mein Blick ihn zu sehr berührt.
„Es war schwer", sagt er. „Aber ich habe mich entschieden, neu anzufangen. Ich wollte ein einfaches Leben. Eines ohne Angst, ohne Blut. Ich wollte helfen, aber nicht mehr mit einer Waffe in der Hand."
Als er mich wieder ansieht, trifft mich sein Blick wie ein warmer Strom. Tief, ehrlich, verletzlich.
„Und dann kam ich nach Ravens Peak", sagt er. „Und plötzlich war da etwas anderes. Ich fand ein Zuhause. Ein Leben, das sich echt anfühlte. Ich fand Freunde, Menschen, die mich so nah an sich heranließen, wie ich es kaum noch kannte. Und ich fand...", er hält kurz inne „ich fand dich."
Ich blinzele, überrascht. „Mich?" Es klingt fast kindlich, so verwundert, so weich.
Er lächelt, und in seinen Augen liegt dieser Glanz, der mir den Atem raubt.
„Ja", sagt er nur. „Dich. Und ab diesem Moment hat sich alles verändert. Du hast mir Hoffnung gegeben. Du hast mich wieder lebendig fühlen lassen."
Ich weiß nicht, was ich sagen soll. Ich lege nur meine Hand auf seine und lasse meine Finger über seine Haut gleiten. Worte sind in diesem Moment nicht mehr nötig.

Wir reden noch ein wenig weiter, aber unsere Stimmen werden leiser. Sanfter. Der Tag hat uns viel abverlangt, die Nacht noch mehr. Irgendwann verstummen wir ganz, ziehen uns in die Wärme des anderen zurück. Unsere Körper schmiegen sich aneinander, vertraut
und ruhig. Ich höre seinen Atem, spüre seine Nähe und langsam gleiten wir beide in den Schlaf.

Am nächsten Morgen wache ich früh auf. Neben mir liegt Derek, sein Gesicht entspannt, fast friedlich. Ich kann nicht anders, als ihn kurz zu betrachten. Die Ruhe, die über ihn gekommen ist, ist neu. Und schön.
Wir duschen, ziehen uns an, frühstücken nur eine Kleinigkeit.
Die Erinnerungen an die Nacht sind noch frisch, sie hängen wie warmer Nebel in der Luft zwischen uns.
Als wir bei Max ankommen, ist er schon wach. Natürlich.
„Guten Morgen, meine Freunde!“, ruft er uns entgegen, während er am Herd steht. „Ich hoffe, ihr habt gut geschlafen?“
Derek und ich sehen uns kurz an, dann lächeln wir. Ich kann fühlen, wie sehr sich etwas verändert hat.
„Ja“, sagt Derek. „Sehr gut. Danke, Max.“
Max grinst zufrieden. „Ich habe ein paar Neuigkeiten für euch, aber erst mal: Frühstück.“
Gemeinsam essen wir, während Max alles für uns zusammensucht. Medikamente, Vorräte, Dinge, die wir brauchen werden. Ich gehe die Liste nochmal durch, während Derek nickt.

„Alles da, was ihr braucht?“, fragt Max.
„Ja“, sage ich. „Danke. Wir schulden dir was.“
Max sieht uns prüfend an, sein Blick wird ernst. „Was geht hier vor, Leute? Ich will helfen. Ihr wisst, dass ihr auf mich zählen könnt.“
Derek zögert. Ich sehe es in seinen Schultern, wie schwer ihm das fällt. „Es ist kompliziert“, sagt er schließlich. „Zu gefährlich. Wir dürfen nicht zu viele einweihen.“
Ich nicke, bestätige es stumm. Er hat recht. Jeder, den wir zu viel mit hineinziehen, lebt gefährlicher. Max runzelt die Stirn.
„Ich bin euer Freund. Ich kann mit Risiken umgehen.“
Derek seufzt. „Ich weiß. Aber wir können dir nicht alles erzählen. Noch nicht. Wenn es sicher ist, erfährst du alles.“
Max ist enttäuscht. Ich sehe es, obwohl er sich Mühe gibt, es zu verbergen.
„Okay“, sagt er nach einer Weile. „Aber ich bin hier. Wenn ihr mich braucht, sagt Bescheid.“
Ich lege meine Hand auf seinen Arm. „Danke, Max. Für alles.“
Dann verabschieden wir uns. Eine Zeit lang sagen wir nichts.
Das Auto summt leise unter uns, während wir die schmale Straße durch den Wald zurückfahren. Die Sonne steht schon tief, ihr Licht wirft lange Schatten durch die Bäume. Ich blicke aus dem Fenster,
doch mein Blick bleibt irgendwo in der Ferne hängen. Ich spüre Derek neben mir. Ruhig,
konzentriert am Steuer. Dann bricht er das Schweigen.

„Mia, ich muss dir etwas sagen“, sagt er schließlich, seine Stimme ruhig, aber ernst. Ich drehe den Kopf, sehe ihn an. „Ich bin froh, dass wir uns letzte Nacht… gefunden haben.“
Ein leises Lächeln legt sich auf meine Lippen. Ich nicke. „Ich auch, Derek. Es fühlt sich richtig an.“
Sein Blick bleibt einen Moment auf der Straße, bevor er kurz zu mir herüberschaut. „Ich weiß, dass das alles gefährlich ist. Aber ich will, dass du weißt, dass ich für dich dabin. Ich
werde dich beschützen, egal was passiert.“
Ich spüre, wie sich mein Brustkorb eng zusammenzieht, vor Rührung. „Ich weiß“, antworte ich. „Und ich werde auch für dich da sein.“
Unsere Hände berühren sich auf der Mittelkonsole, ganz flüchtig. Nur ein Moment, aber ich fühle die Wärme, das Versprechen darin.

Ein Funken Hoffnung – ein Hauch Tod

Als wir wenig später die Hütte erreichen, stehen Jenkins und die anderen schon draußen. Ich sehe sofort, dass sie unruhig sind. Ihre Blicke richten sich direkt auf uns, als wir aussteigen.

„Was ist los?“, fragt John mit zusammengezogenen Brauen. „Ihr seid spät dran. Ist was passiert?“

Derek wirft mir einen kurzen Blick zu, bevor er antwortet. „Alles gut. Wir haben nur Max getroffen. Er hat uns mit Vorräten und Medikamenten versorgt.“

John nickt langsam, aber sein Blick bleibt wachsam. „Okay. Wir haben nicht viel Zeit.“

Wir helfen beim Ausladen, packen unsere Sachen zusammen, aber meine Gedanken sind
längst bei dem, was als Nächstes kommt. Als wir fertig sind und die anderen kurz beschäftigt sind, lehne ich mich zu Derek.

„Was denkst du, was auf uns zukommt?“, frage ich leise.

Er sieht mich an, sein Blick ist klar. „Ich weiß es nicht“, sagt er. „Aber ich bin bereit. Was auch immer kommt.“

Die Sonne ist fast untergegangen, der Himmel in Gold und Violett getaucht. Der Abend bringt eine kühle Brise mit sich. Bald ist es so weit das Treffen mit Agent Richards steht bevor. Der Mann von der NSA. Der Einzige, der uns helfen kann, das Netz um den Gouverneur und die Schatten zu durchbrechen. Und gleichzeitig ein Risiko.

Wir wissen nicht, wie viel Hale ihm wirklich erzählt hat. Ob wir ihm trauen können. Oder ob er uns am Ende doch verrät.
Derek steht an der offenen Hüttentür, sein Blick ernst. „Wir müssen vorsichtig sein“, sagt er. „Wir wissen nicht, was Richards wirklich weiß. Aber wir haben keine Wahl. Wenn wir die Wahrheit erfahren wollen, müssen wir ihn treffen.“
Ich nicke, meine Gedanken rasen. Noch ein Schritt und dann gibt es vielleicht kein Zurück mehr.

Während Derek und ich die Nacht in Older Town verbrachten und uns mit Max trafen, waren die anderen nicht untätig geblieben. Dank Harrys Fähigkeiten hatten sie
es geschafft, sich Zugang zu Jenkins' versteckter Cloud zu verschaffen. Offenbar hatte Jenkins schon länger geahnt, dass er in Gefahr war und hatte vorgesorgt. Alle Beweise gegen Green und Hale waren dort gesichert, akribisch zusammengestellt, lückenlos dokumentiert.
„Das ist großartig“, sagt Derek, und ich sehe zum ersten Mal seit Tagen so etwas wie
echtes Licht in seinem Gesicht. „Wenn Jenkins die Beweise gesichert hat, dann haben wir endlich eine Chance. Green und Hale müssen sich verantworten. Und Richards kann dafür sorgen, dass die Informationen dahin gelangen, wo sie hingehören.“
Ich nicke, meine Brust fühlt sich plötzlich leichter an. Hoffnung flackert auf, wie ein Feuer in einer dunklen Winternacht. „Vielleicht schaffen wir es wirklich“, sage ich leise. „Nicht nur zu überleben, sondern die Wahrheit zu zeigen.“

Derek bleibt ernst, sein Blick auf den Boden gerichtet. „Wir müssen vorsichtig bleiben. Wir wissen nicht, wie weit ihr Einfluss reicht. Richards ist vielleicht unsere einzige Chance, aber wir dürfen uns nicht blind auf ihn verlassen."
Wir packen die Unterlagen zusammen. Ausdrucke, USB-Sticks, Notizen. Alles kommt in meine Umhängetasche. Marc begleitet uns. John und Harry bleiben bei Jenkins, um ihn zu schützen. Hier in der Hütte sind sie fürs Erste sicher. Derek überprüft seine Ausrüstung, wirft sich den Rucksack über. „Los geht's. Marc, du fährst?"
Marc nickt, seine Haltung ist angespannt, der Blick ständig in Bewegung. „Bereit. Aber wir bleiben wachsam. Es könnte uns jemand beobachten."
Ich greife die Tasche mit den Unterlagen. „Ich habe alles. Lass uns fahren."

Die Fahrt durch die dunkle Nacht ist still. Nur der Motor summt, draußen rauschen die Bäume im Wind. Die Straße liegt leer vor uns, schwarz und endlos. In meinem Bauch zieht sich alles zusammen. Die Spannung liegt schwer auf uns, wie ein Nebel, der nicht weichen will.

Wir erreichen ein verlassenes Industriegebäude am Rand der Stadt. Verrostetes Metall, zerbrochene Fenster. Perfekt für ein Treffen, das niemand mitbekommen soll. Derek parkt den Wagen etwas abseits, sein Blick prüft jeden Schatten.
„Hier ist es", sagt er ruhig. „Richards sollte gleich da sein."

Ein schwarzer SUV rollt heran. Die Scheinwerfer blenden uns kurz, dann geht der Motor aus. Ein Mann steigt aus. Er ist groß, kräftig gebaut, mittleren Alters. Kein Typ, den ich mit einem Spionageanalysten der NSA in Verbindung bringen würde. Derek und ich sehen uns an, beide angespannt. Wir kennen Richards nur von der Stimme am Telefon. Selbst Harry konnte nicht viel über ihn herausfinden. Die NSA-Typen sind nun mal nicht auf Instagram unterwegs. Aber Jenkins hat uns versichert, dass wir ihm vertrauen können.

Richards tritt auf uns zu, ohne Zeit zu verlieren. Ich reiche ihm die Tasche. Er öffnet sie und beginnt sofort zu lesen. Seite um Seite fliegt durch seine Hände, sein Gesicht wird dabei zunehmend ernster.
„Das ist beeindruckend", sagt er schließlich. „Ich wusste, dass Hale ein Risiko ist, aber das hier das ist größer, als ich gedacht habe."
Er hebt den Blick, sieht Derek und mich direkt an. „Ich sage es euch offen: Ich habe nicht viel Zeit. Ich muss diese Informationen weitergeben, bevor Hale oder Green etwas davon mitbekommen."
Er zieht ein Handy aus seiner Jackentasche, tippt schnell eine Nummer ein. Ich sehe, wie sich seine Finger bewegen, ruhig und zielgerichtet.
„Ich rufe meinen Kontakt bei der NSA an", sagt er. „Diese Informationen müssen raus, bevor sie versuchen, uns zum Schweigen zu bringen."

Während Richards spricht, seine ist Stimme ruhig und kontrolliert, halte ich mein Funkgerät fest in der Hand. Marc ist auf dem Dach, seine Augen scannen das Gelände.

Sekunden später knistert es in meinem Ohr.
„Ich habe ein Problem“, sagt er leise, aber seine Stimme ist angespannt. „Schwarzer Wagen. Zwei Männer. Keine Uniform. Sie sehen nicht aus, als wären sie zum Plaudern hier.“
Ich friere. Mein Blick fliegt zu Derek. Auch er hat es gehört. Gleichzeitig wenden wir uns zu Richards.
„Mit wem haben Sie gesprochen?“, frage ich scharf. „Ist Ihnen jemand gefolgt?“
Richards hebt sofort abwehrend die Hände. „Nein. Ich schwöre es. Ich war vorsichtig. Ich habe mit niemandem gesprochen, außer meinem Kontakt. Die Leute bei der NSA wissen, wie man unter dem Radar bleibt.“
Doch das Misstrauen sitzt tief. Derek und ich greifen gleichzeitig zu unseren Waffen. Die Atmosphäre verändert sich mit einem Schlag. Die Luft scheint dichter, die Geräusche draußen schärfer, gefährlicher.
„Das sind nicht unsere Freunde“, murmelt Derek und fixiert den schwarzen Wagen, der etwa dreihundert Meter entfernt steht. „Marc, was machen sie?“
„Sie steigen aus“, kommt es sofort durchs Funkgerät. „Beide. Dunkle Kleidung, taktische Westen. Waffen gezogen. Koordinierte Bewegung, wie ein eingespieltes Team. Sie kommen auf euch zu. Hundertfünfzig Meter. Vielleicht weniger.“

Richards zieht eine kompakte Pistole aus seiner Jacke und tritt neben uns. Kein Zittern in seinen Händen. „Wir sollten hier verschwinden. Jetzt. Wenn sie schießen, haben wir kaum Deckung."
„Zu spät", murmle ich und sehe, wie sich die beiden Gestalten aufteilen. Einer bleibt zurück, der andere nähert sich rasch über die rechte Seite.
„Marc", sage ich leise, „kannst du den hinteren von oben kriegen?"
„Hab ihn im Visier", sagt er. Sekunden später ein Schuss. Dumpf, sauber. Ich ducke mich reflexartig. Der erste Angreifer geht sofort zu Boden. Der zweite verschwindet in Deckung.
„Ein Treffer. Der andere ist abgetaucht. Keine Sicht mehr."
„Runter!", ruft Derek, packt mich am Arm und zieht mich hinter einen rostigen Müllcontainer. Metall kracht, als ein Schuss knapp über unsere Köpfe einschlägt. Adrenalin rauscht durch meine Adern wie flüssiges Feuer. Mein Herz hämmert.
Wir ducken uns tiefer. Ich presse die Tasche mit den Dokumenten an mich, während ich versuche, zu erkennen, wo der zweite Mann steckt. Die Dunkelheit macht es schwer.
„Wir müssen ihn finden, bevor er Verstärkung ruft", flüstere ich. Richards nickt. „Ich kümmere mich darum."
Seine Stimme bleibt ruhig, fast schon kalt. „Vertraut mir."
Derek wirft ihm einen zweifelnden Blick zu. „Passen Sie auf sich auf. Wir wissen nicht, was für ein Spiel hier läuft."
Richards antwortet nicht, sondern gleitet aus der Deckung wie ein Schatten.

Ich beobachte, wie er sich geduckt zwischen Schrottcontainern und alten Fässern vorarbeitet.
Dann bleibt er hinter einem abgestellten Auto stehen. Lautlos. Bewegungslos.
Ein leises Klicken. Ich halte den Atem an.
Der Angreifer taucht auf. Ein geübter Schritt zur Seite, die Waffe im Anschlag. Doch Richards ist schneller. Ein sauberer Schuss kracht durch die Nacht. Der Mann taumelt und geht zu Boden, aber ich sehe, wie er sich noch regt.
Ein zweiter Schuss. Diesmal trifft er die Hand. Die Waffe fliegt klirrend davon.
Derek und ich rennen aus der Deckung, sichern den Bereich. Keine weiteren Gegner. Noch nicht.
„Gut gemacht", sagt Derek knapp, die Augen wachsam. „Wir müssen wissen, wer das ist."
Ich knie mich neben den Verletzten. Seine Augen funkeln vor Wut. Er sagt kein Wort. Ich erkenne das Zeichen an seiner Jacke. Ein kleines schwarzes Emblem mit einem stilisierten Falken. Die Schatten.
„Er gehört zu ihnen", sage ich. „Ein Killer. Wahrscheinlich ein Aufklärer oder jemand, der uns ausschalten sollte, bevor wir Richards Informationen weitergeben können."
Richards zieht Kabelbinder aus seiner Tasche, fesselt ihm Hände und Füße. Dann stopft er ihm einen Knebel in den Mund. „Ich nehme ihn mit", sagt er. „Meine Leute werden ihn zum Sprechen bringen."
Er packt den Angreifer in den Kofferraum seines Wagens und schließt ihn mit einem lauten Klacken.

Wir sehen uns an. Niemand sagt etwas, aber wir alle wissen, was das bedeutet: Die Schatten wissen, dass wir ihnen auf der Spur sind. Und sie werden nicht aufhören, bis wir tot sind.

„Wir fahren zurück zur Hütte“, sagt Derek knapp. „Schnell und vorsichtig. Ich will nicht noch eine Überraschung erleben.“

Marc ist schon unten vom Dach, seine Waffe in der Hand. Ich nicke, halte die Tasche fester. Die Informationen darin könnten unser Leben retten oder unseren Tod besiegeln.

Wir steigen in den Wagen. Keiner sagt ein Wort, während wir in die Nacht davonrollen.

Letzter Widerstand

Die Dunkelheit ist jetzt nicht mehr nur eine Kulisse. Sie ist ein Gegner. Und sie sieht uns.
Aber wir müssen vorsichtig sein, nicht, dass noch mehr auf uns warten oder uns folgen. Richards wird sich melden, nachdem er sich die Unterlagen angesehen hat, die wir ihm gegeben haben.
„Wir müssen vorsichtig sein. Wir wissen nicht, wie viele von ihnen noch da draußen sind.“ Derek sieht mich an. „Wir sollten Jenkins und die anderen warnen, dass wir möglicherweise verfolgt werden.“
Er atmet auf, als wir die Hütte erreichen. „Alles ruhig“, sagt er leise. „Ich denke, wir haben es geschafft, ohne verfolgt zu werden.“
Marc parkt den Wagen und schaltet den Motor aus. „Ich werde mich umsehen, sicherstellen, dass niemand hier ist.“
Ich nicke und steige aus dem Wagen. „Ich gehe rein und sage Jenkins und den anderen, dass wir zurück sind.“
Derek folgt mir, seine Augen scannen die Umgebung. „Ich helfe Marc, die Umgebung zu sichern.“

Als wir die Hütte betreten, sehen wir Jenkins, John und Harry, die ruhig, aber angespannt wirken. Jenkins blickt auf, als wir hereinkommen. „Alles in Ordnung?“, fragt er.
Ich nicke. „Ja. Wir haben Richards getroffen und ihm die Unterlagen gegeben. Er wird sich melden, wenn er mehr weiß.“

Jenkins nickt, sein Blick ist ernst. „Gut. Das ist ein Anfang. Jetzt heißt es warten und sehen, was Richards herausfindet."

Harry spricht, seine Stimme ist ruhig, aber besorgt. „Ich denke, wir sollten uns auf alles vorbereiten. Wenn die Schatten Richards gefunden haben, werden sie auch uns finden."

John nickt und schaut zu den Waffen, die auf dem Tisch liegen. „Wir müssen uns bewaffnen und bereit machen, falls sie kommen."

Ich nicke entschlossen. „Wir werden uns nicht überraschen lassen. Wir sind bereit, wenn sie auftauchen."

Derek sieht mich an, sein Blick ist ernst. „Ich denke, wir sollten die Hütte sichern und uns auf eine mögliche Schlacht vorbereiten."

Da knistert Marc' Stimme durch das Funkgerät. „Ich habe etwas gefunden. Es sieht aus, als ob jemand die Hütte beobachtet hat oder womöglich immer noch beobachtet. Ich denke, wir sollten uns bereit machen. Halt...Stopp, ich sehe sie."

Derek reagiert sofort. Seine Stimme bleibt ruhig, doch man spürt die Anspannung dahinter. „Marc, wie viele? Und wo genau?"

„Zwei Personen", kommt die Antwort. „Etwa fünfhundert Meter entfernt. Drüben an der Lichtung zum Wasserturm. Sie bewegen sich langsam, vorsichtig, als wollten sie nicht gesehen werden."

John, der sich über eine ausgebreitete Karte beugt, hebt den Blick. Sein Gesicht ist ernst. „Wir dürfen sie nicht näherkommen lassen. Derek, Mia, Harry, ihr kommt mit mir. Wir fangen sie ab, bevor sie uns erreichen."
Ich nicke, mein Blick gleitet über die Waffen auf dem Tisch. Mein Herz schlägt schneller.
„Ich bin bereit. Was genau ist der Plan?"
Derek wendet sich mir zu, seine Stimme fest und klar. „Wir teilen uns auf, flankieren sie und nehmen sie von beiden Seiten in die Zange. Marc, kannst du uns Deckung geben?"
„Verstanden", sagt Marc sofort. „Ich bin in Position. Sobald ihr euch bewegt, nehme ich sie ins Visier."
Harry überprüft seine Waffe, nickt dann. „Los. Wir müssen sie aufhalten, bevor sie uns überraschen."
Ich wende mich an Derek, entschlossen. „Ich bleibe bei Jenkins. Einer muss ihn schützen. Du gehst mit John und Harry. Marc deckt euch. Beeilt euch!"

Die Männer verschwinden lautlos in der Dunkelheit. Während draußen das Kräftemessen beginnt, konzentriere ich mich auf die Sicherung der Hütte. Ich überprüfe Türen, verriegele Fenster, achte auf jedes Geräusch. Dann nehme ich vor Jenkins Stellung, Waffe im Anschlag, bereit, jeden abzuwehren, der hereinkommt.
Jenkins sieht mich an, seine Stirn in Falten gelegt. „Mia, bitte sei vorsichtig. Wir wissen nicht, wie viele von ihnen draußen lauern."
Ich halte seinen Blick und nicke. „Ich passe auf, versprochen. Niemand kommt an dich heran."

Ein Knall zerreißt die Stille, dann ein zweiter. Dumpfe Schüsse hallen durch die Nacht. Mein Körper spannt sich, ich gehe instinktiv in Deckung und spähe vorsichtig durch das nächste Fenster. Noch sehe ich niemanden.
Jenkins versucht, sich aufzurichten, doch ich lege beruhigend die Hand auf seine Schulter.
„Nein. Bleib unten. Ich kümmere mich darum."
Ich sehe ihm in die Augen, bemühe mich um Ruhe in meiner Stimme. „Wir schaffen das. Du wirst schon sehen."
Die Kampfgeräusche kommen näher. Schüsse, Rufe, Schritte auf dem Waldboden. Mein Puls hämmert. Ich kontrolliere noch einmal die Fenster, lausche angestrengt auf jedes Geräusch.
Dann, endlich, höre ich Dereks Stimme durch die Nacht rufen. „Mia! Wir haben sie vorerst zurückgedrängt! Wir kommen!"

Ich atme tief durch, lasse die Anspannung etwas los und drehe mich zu Jenkins. „Sie kommen zurück."
Er nickt langsam, Erleichterung in seinem Gesicht.

Die Tür öffnet sich mit einem leichten Quietschen.
Kalte Nachtluft strömt herein, als Derek, John und Harry hereinkommen. Erschöpft, aber unverletzt. Derek kommt direkt
auf uns zu, seine Augen wandern sofort zu Jenkins.
„Alles in Ordnung bei euch?"
Jenkins nickt, seine Stimme ist ruhig. „Ja. Ich bin okay. Danke, dass ihr mich beschützt habt."

Derek nickt und wendet sich mir zu. In seinen Augen liegt ein Hauch von Stolz. „Gut gemacht, Mia. Du hast Jenkins hervorragend beschützt."
Ich lächle sanft und werfe Jenkins einen kurzen Blick zu. „Ach was, das war nichts."
Doch der Moment der Ruhe währt nicht lange. Ein leises, tiefes Dröhnen schwillt am Horizont an.

Es wird lauter, drohender, bis plötzlich das Rattern eines Hubschraubers und das scharfe Knattern von Maschinengewehren die Stille zerreißen.

„Das ist Richards", sagt Derek mit fester Stimme. „Er ist da. Der Heli lenkt die Angreifer ab."
Ich reiße den Blick zum Himmel. Der Hubschrauber donnert über uns hinweg,
Scheinwerfer schneiden durch die Dunkelheit, während aus den Seiten MG-Salven in Richtung Wald feuern. Die Angreifer, die sich zuvor noch näherten, geraten in Panik, springen aus ihrer Deckung und rennen zurück zu ihren Fahrzeugen.
Immer wieder zieht der Hubschrauber Kreise über uns, treibt die Angreifer mit präzisem Beschuss zurück. Wir sehen, wie sie schließlich in ihre Wagen springen und in die Nacht verschwinden, verfolgt vom Donnern der Rotorblätter.
Derek atmet tief durch und sieht mich an. „Ich denke, fürs Erste sind wir in Sicherheit. Richards hat uns gerade den Hals gerettet."

Ich nicke ernst und richte meinen Blick auf Jenkins, der sichtlich erschöpft und verletzt auf dem Boden sitzt. „Wir müssen ihm helfen. Er braucht einen Arzt, dringend.“
Jenkins versucht sich aufzurichten, stützt sich zitternd auf den Arm. „Ich bin in Ordnung“, sagt er tapfer. „Ich kann laufen. Wir müssen Richards treffen. Wir müssen wissen, wie es jetzt weitergeht.“

Ich sehe Derek an, der bereits entschlossen zum Funkgerät geht. „Ich kontaktiere ihn.“
Er greift nach dem Gerät, stellt die Frequenz ein und drückt die Sprechtaste. „Richards, hier ist Thompson. Wo sind Sie?“
Nach wenigen Sekunden knistert es im Lautsprecher. Dann ertönt Richards’ vertraute Stimme: „Bin auf dem Weg zu euch. Ich habe Verstärkung dabei. Leute, die euch helfen können.“
Ich nicke erleichtert und sehe Jenkins an. „Hilfe ist unterwegs.“
Wenig später setzt der Hubschrauber zur Landung an. Der Boden bebt, Staub wirbelt auf, als das metallische Ungetüm direkt neben der Hütte landet. Die Tür öffnet sich mit einem metallischen Knall, und Richards beugt sich hinaus.
„Los, einsteigen! Wir müssen hier weg, sofort!“
Ohne zu zögern helfen wir Jenkins in den Hubschrauber. Ich steige als Letzte ein, werfe einen letzten Blick zurück auf die Hütte, die unser Zufluchtsort gewesen war und jetzt nur noch ein Ort der Erinnerung ist.

Der Hubschrauber hebt ab, trägt uns fort aus der Gefahrenzone. Ich sitze neben Jenkins, halte seine Hand. „Wir bringen dich ins Krankenhaus, Alex. Du wirst versorgt. Alles wird gut.“

Er nickt schwach, aber dankbar. Und zum ersten Mal seit Langem kehrt ein Hauch von Hoffnung in unseren Blicken zurück. Wir landen auf einem abgelegenen Militärstützpunkt. Der Rotorenlärm verebbt, als der Hubschrauber auf dem Betonboden aufsetzt.

Kaum sind wir ausgestiegen, erfasst mich eine kühle, disziplinierte Atmosphäre.
Stacheldraht, Uniformen, wachsame Blicke. Ich spüre, wie Derek sich anspannt.
Ich werfe ihm einen Blick zu, sehe das Unbehagen in seinem Gesicht. „Ich weiß, was du denkst“, sage ich leise. „Wir sind auf einem Militärstützpunkt. Das bedeutet, wir haben uns der Armee ausgeliefert.“ Derek nickt, seine Kiefermuskeln sind angespannt. „Ich traue ihnen nicht. Wir wissen nicht, was sie mit uns vorhaben.“
Mein Blick wandert zu Richards, der ein Stück entfernt steht und uns beobachtet. Ich trete auf ihn zu, die Worte kommen schärfer, als ich beabsichtige. „Richards, was soll das hier? Warum haben Sie uns hierhergebracht?“

Richards hebt beschwichtigend die Hände. „Ich hatte keine Wahl, Ms. Sanchez. Wenn wir Jenkins retten wollen, brauchen wir medizinische Versorgung, echte, militärische. Nur die Armee kann uns das jetzt bieten. Zudem sind wir uns sicher, dass ´die Schatten` hier keine Leute haben.“
Ich werfe einen Blick auf Jenkins, der bleich und kaum bei Bewusstsein von zwei Sanitätern versorgt wird. Ich atme tief durch und sehe Derek wieder an. „Ich glaube, Richards hat recht. Wir müssen das Risiko eingehen, wenn wir Jenkins helfen wollen.“
Derek sagt nichts, doch schließlich nickt er langsam. Seine Stimme bleibt ruhig, aber wachsam. „Okay. Ich vertraue dir, Mia. Aber ich werde auf der Hut bleiben.“

Während Jenkins von den Ärzten versorgt wird, führt uns Richards in ein schlichtes, fensterloses Büro im Inneren eines Betongebäudes. Er deutet auf die Stühle, wir setzen uns. Die Tür schließt sich mit einem leisen Klicken.
Dann sieht er mich an. Sein Blick ernst, fast schwer.
„Man hat Director Ryan Hales Leiche gefunden“, sagt er ruhig.
Ich starre ihn an, für einen Moment ist alles in mir still. „Was?“ Meine Stimme bricht beinahe. „Hale ist tot? Wie… wie ist das passiert?“
Auch Derek sieht Richards überrascht und misstrauisch an. „Was geht hier vor, Richards? Was wissen Sie über seinen Tod?“
Richards seufzt. „Seit unserem letzten Gespräch hatte ich keinen Kontakt mehr zu ihm.
Ich vermute, Green hat Wind von unserem Gespräch bekommen. Vielleicht haben ´die Schatten´ ihn aufgespürt und beseitigt.“
Ich höre zu, aber mein Kopf ist voller Widerspruch.
Ich kann es kaum fassen. Erst vor wenigen Tagen hatte ich erfahren, dass Hale in Greens Machenschaften verwickelt war. Ein Schock.
Und trotzdem ich wollte nicht, dass es so endet. Er war ein Verräter, ja. Aber auch mein Mentor. Der Mann, dem ich einmal vertraut hatte.

Langsam hebe ich den Blick, meine Stimme ist kaum mehr als ein Flüstern. „Ich kann es nicht glauben… Hale war ein Verräter, ja… aber er war auch mein Mentor.

Ich habe ihn bewundert, bevor ich wusste, was er getan hat."
Ich schüttle den Kopf, als wollte ich die Gedanken vertreiben. „Warum musste Green ihn umbringen? Hale war doch Teil seines Spiels."
Richards' Gesicht bleibt ernst. „Man hat ihn in seinem Haus gefunden. Spuren von Misshandlungen. Es sieht so aus, als hätte Green ihn gefoltert um an Informationen zu kommen und ihn dann beseitigt."
Ein schwerer Kloß schnürt mir die Kehle zu. Derek legt mir eine Hand auf die Schulter, seine Stimme ist sanft. „Es tut mir leid, Mia. Ich weiß, was er dir bedeutet hat."
Ich sehe ihn an, meine Augen füllen sich mit Tränen. „Es ist nicht nur, dass er gestorben ist, Derek… Es ist, wie er gestorben ist. Niemand verdient so etwas. Nicht einmal ein Verräter."
Ich wische mir über die Wangen, atme tief durch und sehe dann zu Richards. „Was jetzt?" Meine Stimme ist wieder fester. „Was passiert als Nächstes?"

Richards' Miene verfinstert sich ein wenig, als er zu sprechen beginnt.

„Vor ein paar Tagen haben wir ein abgehörtes Gespräch von Green aufgefangen", sagt er leise. „Er hat darin von Dereks Schwester gesprochen."
Ich spüre, wie Derek neben mir stocksteif wird. Sein Gesicht wirkt plötzlich wie aus Stein gemeißelt, die Anspannung in seinem Körper ist greifbar.

„Was ist mit meiner Schwester?“ Seine Stimme zittert vor Sorge. „Was hat Green mit ihr vor?“
Er springt auf, sein Blick bohrt sich in Richards.
„Sagen Sie mir, was Sie wissen!“

Ich lege beruhigend meine Hand auf seine, versuche, ihn mit einem sanften Blick zu erden. Richards nickt nur stumm, steht dann langsam auf und bedeutet uns, ihm zu folgen.

Wir verlassen das Büro und gehen durch einen langen Gang, vorbei an verschlossenen Türen und uniformierten Soldaten. Am Ende bleibt Richards vor einer Tür stehen, öffnet sie und was ich dann sehe, raubt mir kurz den Atem. Drinnen steht eine Frau mit zwei kleinen Kindern und einem Mann.
Die Kinder rennen sofort los, als sie Derek sehen. Und Derek… Derek bricht förmlich auf sie zu, seine Bewegungen abrupt, fast ungläubig. Er fällt seiner Schwester in die Arme, seine Augen glänzen feucht, und für einen Moment wirkt es, als würde all die Schwere der letzten
Wochen von ihm abfallen.
Ich bleibe an der Tür stehen und beobachte die Szene mit einem warmen Lächeln. Mein Herz wird leicht. Ich sehe zu Richards, der selbst still lächelt. „Danke“, flüstere ich ihm zu. „Danke, dass Sie sie in Sicherheit gebracht haben.“

Derek spricht mit Leah, lacht sogar. Die Kinder klammern sich an ihn, sein Arm liegt schützend um sie.

Es ist ein Bild von Frieden inmitten des Chaos. Als er sich schließlich wieder mir zuwendet, kommt er mit weichen Schritten auf mich zu und nimmt meine Hand. Seine Augen sprechen mehr als Worte es je könnten.
„Danke, Mia“, sagt er leise. „Danke, dass du bei mir bist.“
Ich drücke seine Hand, mein Herz klopft ruhig.
„Ich bin immer bei dir, Derek. Wir schaffen das gemeinsam.“

Wir verbringen noch eine Weile bei Leah und ihrer Familie. Es ist ein Moment des Innehaltens, ein kostbarer Augenblick zwischen den Schatten, die wir noch nicht ganz hinter uns gelassen haben.
Dann führt uns Richards zurück. Marc und Harry stoßen zu uns, ihre Gesichter sind ernst. Aber in Richards' Stimme liegt ein Hauch von Erleichterung, als er spricht. „Die Operation läuft. Das, was Jenkins ans Licht gebracht hat, hat den Stein ins Rollen gebracht.
Green und seine Leute… sie werden gerade aus dem Verkehr gezogen.“
Ich sehe ihn an, meine Stimme ist ruhig und dankbar. „Danke. Wir können endlich durchatmen.“
Derek nickt. „Jenkins hat gute Arbeit geleistet.“
Ich werfe einen Blick zu Jenkins, der, trotz seiner Verletzungen, ein zufriedenes Lächeln trägt.

Wir stehen beisammen. Derek, Marc, Harry, Richards und ich. Die Last der letzten Wochen weicht langsam von unseren Schultern. Derek atmet tief durch. „Es ist vorbei.“

Ich nicke. „Ja. Wir haben es geschafft.“
Richards lächelt. „Jetzt übernimmt das Militär. Die Schatten sind Geschichte.“
Die Erleichterung in unseren Gesichtern spricht Bände. Endlich. Endlich ist es vorbei.

Ein ohrenbetäubendes Donnern zerreißt die Nacht, als ein schwarzer Konvoi mit quietschenden Reifen durch den strömenden Regen rast. Die Scheinwerfer schneiden wie scharfe Klingen durch die Dunkelheit, tasten das nasse Pflaster ab. Türen knallen auf, schwer bewaffnete Soldaten springen heraus, rufen Kommandos, sichern jede Ecke mit militärischer Präzision. Rotes Laserlicht tanzt über Mauern, Fenster, Büsche, der Atem dampft in der Kälte.

Vor dem prunkvollen Anwesen knirscht der Kies unter Stiefeln. Ein Colonel mit wettergegerbtem Gesicht tritt vor, seine Stimme dröhnt wie ein Donnerhall durch den Regen. „Gouverneur Green! Im Namen der Vereinigten Staaten - Sie sind verhaftet! Kommen Sie mit erhobenen Händen heraus! Jetzt!“

Für einen Moment herrscht Stille.
Dann quietscht eine schwere Tür in ihren Angeln.
Licht flutet auf die Eingangsstufen. Green erscheint tadellos gekleidet, das Haar zurückgestrichen, ein unerschütterliches Grinsen auf den Lippen, dass mehr Wahnsinn als Gelassenheit verrät.

„Ich glaube nicht, dass ich mich ergeben werde", sagt er leise, fast spöttisch, als ob er noch immer alle Karten in der Hand hielte.
Der Colonel hebt ruhig, beinahe bedächtig, seine Waffe. Der Stahl in seinen Augen ist kälter als der Regen.
„Sie haben keine Wahl mehr."
Green öffnet den Mund, will gerade zu einer weiteren Provokation ansetzen.
Peng!
Ein einzelner Schuss zerreißt die Luft. Der Gouverneur zuckt, taumelt und sackt wie in Zeitlupe zusammen. Seine Knie treffen die Steinplatten, Blut mischt sich mit Regenwasser, rinnt in dunkle Rillen.
Der Colonel tritt langsam an ihn heran, lässt den Lauf seiner Waffe sinken. Sein Blick ist unerbittlich.
„So musste es enden", sagt er leise. „Sie haben uns keine andere Wahl gelassen."
Green, blass und zitternd, lebt noch.
Soldaten greifen nach ihm, legen ihm mit geübten Handgriffen Handschellen an, ziehen ihn auf die Beine. Seine Augen funkeln voller Zorn,
voller Hass.
„Das war's noch nicht", zischt er heiser. „Ich habe Freunde… Sie werden mich rausholen." Der Colonel schnaubt, fast mitleidig.
„Ihre Freunde? Die sitzen bereits in Einzelzellen. Ihr kleines Schattenreich ist Staub im Wind."
Ein dumpfer Knall, als die Türen des gepanzerten Fahrzeugs zuschlagen.

Der Konvoi setzt sich in Bewegung. Motoren heulen auf, Reifen wirbeln Wasser auf, das sich wie Schlieren über den Asphalt zieht.
Zurück bleibt nur das dumpfe Prasseln des Regens. Er fällt unaufhörlich und wäscht die letzten Spuren einer Ära hinweg.

Schattenfall, Lichtbeginn

Einige Tage sind vergangen. Die Welt hat sich weitergedreht, als wäre nichts geschehen.

Aber in mir ist noch alles laut. Der Lärm, das Blut, das Chaos. Es hallt nach wie ein Echo in einem leerstehenden Haus. Die Gefahr ist gebannt, sagen sie. Die Schatten zerschlagen.

Green in Ketten, Hale tot. Doch in mir ist nichts abgeschlossen.

Ich habe vor dem FBI ausgesagt. Wort für Wort, Bild für Bild, habe ich meine Geschichte erzählt. Ich war sachlich. Präzise. Stark. Zumindest nach außen.

Doch innerlich war es, als würde man mir Schicht für Schicht die Haut abziehen. Vor allem, wenn

es um Hale ging. Wie erklärt man, dass jemand, der einen geführt hat wie ein Vater, plötzlich das Messer ansetzt? Wie begreift man, dass er am Ende nicht böse war, nur verloren? Oder ist das nur eine Entschuldigung, damit es weniger weh tut?

Ich weiß es nicht.

Ich durfte meine Marke behalten. Sie sagten, ich hätte meine Loyalität bewiesen. Dass ich ehrlich war. Und doch fühlt sich die Marke, die mir sonst so viel bedeutete, plötzlich wie ein Gewicht an meinem Gürtel an. Kalt, schwer, fremd.

Ich habe mich beurlauben lassen. Nicht, weil ich aufgebe. Sondern weil ich endlich wissen will, was dieses andere Gefühl in mir ist. Das Flackern, das nie ganz verschwand.

Derek. Er hat sich nicht gemeldet. Kein Lebenszeichen. Keine Nachricht. Kein „Ich bin okay.“ Ich versuche, mir einzureden, dass er Zeit braucht. Dass er Dinge verarbeiten muss, genauso wie ich.
Aber irgendwann verwandelt sich Hoffnung in Zweifel. Hat er mich vergessen? War ich nur ein kurzes Aufleuchten in seiner Dunkelheit, eine Erinnerung, die besser verblasst?

Ich starre auf den Zündschlüssel in meiner Hand.
Die Sonne geht gerade unter, taucht die Welt in dieses goldene Licht, das alles für einen Moment weich erscheinen lässt, selbst den Schmerz.
Ich atme tief durch, spüre, wie mein Herz gegen die Rippen hämmert. Ich will nicht warten. Ich kann nicht warten. Ich muss ihn sehen.
Ich starte den Motor. Der Mustang erwacht mit einem tiefen Grollen, das mir durch die Knochen fährt. Ich lege den Gang ein, fahre los. Die Straße vor mir ist lang, die Landschaft verschwimmt in der Geschwindigkeit. Aber ich sehe nur ein Ziel vor mir.

Reaven´s Peak. Das kleine Städtchen liegt ruhig da, wie eine Erinnerung an eine andere Zeit.
Die Straßen leer, nur ein paar alte Straßenlaternen werfen träge Licht auf den Asphalt.
Ich fahre weiter, biege in den schmalen Weg zur Garage ab, den ich im Kopf immer wieder abgefahren bin. Mein Herz klopft wild. Ich weiß nicht, was mich erwartet. Aber ich weiß, dass ich es brauche.

Derek steht in seiner Garage, die Tür halb offen. Draußen riecht es nach Benzin und nassem Asphalt, nach Metall und Frühling. Er trägt ein altes, fleckiges Shirt, die Arme verschmiert mit Öl. Seine Hände ruhen auf der offenen Motorhaube eines alten Plymouths, den er mit der Geduld eines Mannes repariert, der nichts mehr beweisen muss.

Er wirkt ruhig. In sich gekehrt. Und dann hört er es.
Den Mustang. Meinen Mustang. Der tiefe, unverkennbare Klang, der durch die Abendluft schneidet wie ein flammender Komet. Seine Muskeln spannen sich an, sein Kopf hebt sich.
Er weiß es. Noch bevor er mich sieht, weiß er es.
Langsam tritt er aus der Garage, das Tuch noch in der Hand.
Ich parke. Öffne die Tür. Steige aus. Unsere Blicke treffen sich.
In seinem Ausdruck liegt mehr, als Worte je fassen könnten: Erstaunen. Erleichterung. Sehnsucht. Und etwas, das brennt wie eine vergessene Flamme, die endlich wieder Luft bekommt.
Ich lächle. Zögerlich. „Hey", flüstere ich.
Es ist mehr als nur ein Gruß. Es ist ein Ich bin hier. Ein Ich habe dich nicht vergessen. Ein ´Ich will wissen, ob du mich auch vermisst hast. ´
Derek geht langsam auf mich zu, als müsste er sicher sein, dass ich echt bin. Dass ich nicht einfach nur eine Einbildung bin, die gleich wieder verschwinden wird.
„Es tut mir leid", sagt er leise, seine Stimme rau und warm wie dunkler Whiskey.

„Ich hätte mich melden sollen. Ich… ich wusste nicht, ob ich es konnte. Ich brauchte Zeit."
Ich nicke. Ich verstehe ihn. Zu gut.
Und dann stehen wir voreinander, atemlos, still, die Welt ein einziger Schwebezustand.

Und ich falle ihm in die Arme.
Seine Hände legen sich um meinen Rücken, stark und fest, als wolle er mich nie wieder loslassen. Mein Gesicht an seiner Brust, sein Herzschlag wie ein Donnern in meinen Ohren. Und doch beruhigend. Erdend. Mein Herz passt sich seinem an. Zwei Takte, die sich wiederfinden.
„Ich habe dich vermisst", flüstert er in mein Haar. Seine Stimme zittert.
„Ich dich auch", antworte ich, meine Lippen an seinem Hals, meine Augen geschlossen. Es fühlt sich an wie Heimkommen. Wie Ankommen in einem Leben, das ich nie zu leben gewagt habe.

Unsere Lippen finden sich. Erst vorsichtig. Dann dringlicher. Als würden sie all die Worte sprechen, die wir nicht sagen konnten. Der Kuss ist warm und salzig, voller Schmerz und Hoffnung. Er schmeckt nach Nächten voller Albträume, aber auch nach Morgenröte. Nach einem Neubeginn.
Ich verliere mich in ihm. In seinem Duft nach Öl und Rauch, in der Wärme seiner Haut, in der Art, wie seine Hand zärtlich in meinen Nacken gleitet, als würde er mich neu zusammensetzen.

Die Welt um uns herum verblasst. Keine Stimmen mehr. Keine Waffen. Keine Schuld.
Nur zwei Menschen, die zu lange allein waren. Zwei Herzen, die beschlossen haben, nicht
mehr im Schatten zu schlagen.
Nur wir.

ISBN 978-3-8190-9959-5
9 783819 099595
www.epubli.com